www.mayabook.co.kr

www.mayabook.co.kr

www.mayabook.co.kr

절대자의 게임

절대자의 게임 ⑮

지은이 | 설화객잔-화운(話云)
펴낸이 | 권순남
펴낸곳 | (주)마야·마루출판사

등록 | 2008. 1. 7(제310-2008-00001호)

초판 인쇄 | 2016. 9. 2
초판 발행 | 2016. 9. 6

주소 | 서울시 노원구 상계 1동 1049-25 신영산업 BD 602호
대표전화 | 02-2091-0291
팩스 | 02-2091-0290
이메일 | marubooks@hanmail.net

ISBN | 978-89-280-6389-5(세트) / 978-89-280-7228-6
정가 | 8,000원

잘못된 책은 교환하여 드립니다.
저자와 협의하여 인지를 붙이지 않습니다.

「이 도서의 국립중앙도서관 출판시도서목록(CIP)은 서지정보유통지원시스템 홈페이지(http://seoji.nl.go.kr)와 국가자료공동목록시스템(http://www.nl.go.kr/kolisnet)에서 이용하실 수 있습니다.」
(CIP제어번호:CIP2016021090)

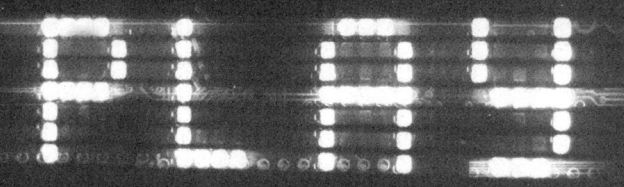

절대자의 게임

MAYA & MARU FUSION FANTASY STORY

설화객잔-화운(話云) 퓨전 판타지 장편소설

15

▲목차▲

제1장. 드래곤의 고민 …007

제2장. 죽음의 땅 …035

제3장. 위원회 …065

제4장. 또 다른 각성 …097

제5장. 다이온 …129

제6장. 무덤 …159

제7장. 로드 …189

제8장. 마계 …219

제9장. 나일 닷컴 …249

제10장. 77층 …279

절대자의
게임

제1장

드래곤의 고민

 이민준은 아서베닝과 함께 모래사장을 걸었다. 잠시 이야기를 나누자던 녀석의 요청에 의해서였다.
 그렇게 모래사장에 발자국을 찍으며 걸은 지도 어느덧 30분이 흘렀다.
 뭔가를 이야기하려던 아서베닝은 입술을 움찔거리기만 할 뿐 선뜻 말을 꺼내지 못하고 있었다.
 "흐음."
 이민준은 고개를 돌려 바다를 바라보았다.
 촤아아-
 어두운 밤이었지만 하얀 포말을 일으키며 밀려오는 파도의 모습이 선명하게 눈에 들어왔다.

빛과 어우러진 밤이었으니까.

이곳에서 보게 되는 경치는 세상 그 어느 곳에서도 경험하지 못할 만큼 최고의 광경들이었다.

'이것 참.'

마음 같아서야 휴양지에 온 기분을 내고 싶었지만, 지금 당장은 그럴 수도 없는 노릇이었다.

시선을 돌린 이민준은 조심스럽게 아서베닝의 표정을 살폈다.

'고민이 많은 건가?'

평소 같았으면 이런 어색한 시간 없이 바로 자신의 의견을 표현했을 녀석이다.

쓸데없이 시간을 끄는 걸 싫어하는 녀석이니까.

그런데 오늘은 조금 달랐다.

왜 아니겠는가?

세 번째와 네 번째, 그리고 다섯 번째 퀘스트를 해결하기 위해선 다른 곳도 아닌 녀석의 고향을 방문해야 하는 거다.

아서베닝의 고향은 다이온.

모든 블랙 드래곤들의 고향이자 아서베닝이 태어나기도 전, 그러니까 알 상태였을 때 수난을 겪었던 바로 그곳이었다.

비록 어릴 적 일이었지만 녀석은 모든 걸 기억하고 있었다.

녀석의 어머니인 제가이르가 할루스의 영역에서 녀석을 낳았다는 이유만으로 마계로 쫓겨났던 일 말이다.

그뿐이었던가?

분노한 블랙 드래곤의 왕 시일론은 아서베닝이 저주받은 알이라며 죽이려고 했었다.

그리고 그 과정에서 아서베닝을 살리기 위해 녀석의 외할아버지인 카이악스는 장로직을 내려놓은 후 마계로 추방되기까지 했다.

아서베닝의 고향인 다이온은 바로 그런 장소였다.

다시는 떠올리고 싶지 않을 만큼 끔찍한 상처로 점철된 곳 말이다.

'나라도 그런 곳에 다시 가자고 하면 싫을 거 같네.'

이민준은 고개를 끄덕이며 먼저 말을 꺼냈다.

"베닝, 네가 부담을 가질 필요는 없어."

이민준의 말에 잠시 머뭇거린 아서베닝이 입을 열었다.

"어떻게 그렇게 해요? 이번 퀘스트가 어떤 의미를 가졌는지를 잘 알고 있는데요."

"그렇다고 네가 굳이 다이온까지 갈 필요는 없잖아."

"하지만……."

"뭐, 정 마음에 걸리면 나와 루나만 소이엄 대륙까지 데려다주고, 너는 다시 이곳 대륙으로 돌아오면 되는 거야."

이민준의 말에 아서베닝이 놀란 눈으로 쳐다봤다. 정말 그래도 되는가 싶은 표정을 짓기도 했고 말이다.

이민준은 미소 띤 얼굴로 물었다.

"내가 소이엄에 있다고 해도 너한테 하니아를 보내면 바로 연락을 받을 수는 있는 거지?"

"대륙 간 거리 때문에 한 20~30분 정도의 시간이 걸리긴 하겠지만, 맞아요. 서로 주고받을 수 있어요."

"그래. 그럼 됐지, 뭐. 내가 가서 일을 끝내고 난 후에 네가 우릴 데리러 오면 되잖아."

변덕스러운 날씨만큼이나 빠르게 아서베닝의 표정에 여러 가지 감정이 스치고 지나갔다.

그러다 뭔가를 떠올렸다는 듯 고개를 흔든 아서베닝이 말했다.

"형, 계속 생각해 봤는데요. 우리가 굳이 다이온까지 갈 필요는 없지 않나요?"

"너도 그 생각을 했나 보구나? 포일런, 맞지?"

"형도 그 생각을 했어요?"

"그래. 목숨을 걸고 다이온을 가느니 포일런을 설득하는 게 빠르지 싶다는 생각. 물론 했지."

만약 그게 가능하다면 말이다.

촤아아-

이민준은 잠시 밤바다를 바라보았다.

설마 포일런과 상처가 그런 계산도 없이 이런 퀘스트를 주었을까?

강력한 의문이 들었다.

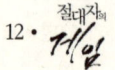

만약 특별한 이유가 있는 거라면 굳이 메이던 지역을 다시 들를 필요는 없는 거다.

하지만 그게 아니라면?

이민준은 고개를 흔들었다.

'그렇다고 확인을 하지 않고 넘어가는 것도 우스운 거겠지?'

목숨을 앞에 두고 만약이란 가정을 붙이는 것도 멍청한 짓처럼 느껴졌다.

"베닝, 메이던 지역으로 바로 갈 수 있을까?"

"당연하죠."

이민준의 말에 아서베닝이 밝은 표정으로 대답했다.

혹여나 포일런을 설득할 수 있다면 자신이 처한 곤란한 상황을 쉽게 벗어날 수 있을 테니 말이다.

녀석이 물었다.

"어떻게 할까요? 지금 바로 갈까요?"

'짜식, 내가 그래 주길 바라고 있었구나?'

이민준은 대답 대신 고개를 끄덕여 주었다.

그러자,

"이동!"

아서베닝이 간단한 마법 주문과 함께 순간 이동 마법을 사용했다.

화우욱-

순간 이동자를 보호하는 거품이 사라지자 눈앞으로 메이던 지역이 펼쳐졌다.

이민준은 주변을 둘러보았다.

으으- 으에에-

메이던 지역의 바깥쪽은 여전히 들판을 메운 좀비들로 가득 차 있었다.

고개를 돌리자 우뚝 솟은 육교가 시선에 들어왔다.

'다행히 육교는 그대로구나.'

그렇다면 굳이 시간을 끌 이유가 없는 거다.

타닷-

이민준은 빠르게 달리며 아서베닝에게 소리쳤다.

"베닝! 서두르자!"

"알았어요, 형."

크아아! 후욱-

순식간에 드래곤으로 변한 아서베닝이 하늘을 날았다.

확실히 달리는 것보단 날아가는 게 빠르니까.

타다닥-

그렇다고 해서 달리는 속도가 느리다는 건 아니었다.

절대자의 자격을 가지고 있지 않은가?

후으윽-

주신의 기운을 불러일으킨 이민준은 고속도로를 달리는 자동차처럼 뻥 뚫린 육교 위를 내달렸다.

쉬이익-

무려 200레벨이 넘은 전사가 사용하는 달리기 스킬이다.

날아가는 것에 비할 바는 아니지만, 그렇다고 해서 무시할 정도의 속도는 아니었다.

타다다닥-

대략 20여 분 정도를 달린 후였다.

이민준은 발을 구르며 속도를 늦추었다. 새하얀 주신의 성전에 근접했기 때문이었다.

'저기 있군!'

포일런은 여전히 성전 밖에 있었다.

"오! 한니발!"

이민준을 발견한 포일런이 반가운 표정으로 손을 흔들었다.

타악-

바닥을 박찬 이민준은 순식간에 육교를 벗어나 주신의 성전 위에 내려앉았다.

그와 동시에,

크허엉!

후웅- 차앗-

주신의 성전 상공에서 소년의 모습으로 변한 아서베닝도 멋진 자세로 착지했다.

그러자 반투명의 유령 인간인 포일런이 놀란 눈으로 이민준과 아서베닝을 번갈아 쳐다보며 물었다.

"무, 무슨 급한 일이라도 있는 건가?"

그의 질문에 이민준은 진지한 표정으로 말했다.

"중요한 이야기를 좀 하고 싶어서 왔는데."

"뭐, 뭔데 그래?"

"그게 말이야……."

이민준은 백발 마녀의 꽃이 자라는 지역과 관련하여 포일런을 강하게 추궁했다. 그러자 포일런이 난감한 표정을 지으며 말했다.

"그, 그래. 다이온, 블랙 드래곤들의 서식지지. 하지만 내가 일부러 그곳이 어떤 지역인지를 알려 주지 않은 건 아니야."

이민준은 고개를 흔들며 말했다.

"일부러 그런 게 아니라고? 백발 마녀의 꽃이 자라는 지역이 엄. 청. 나. 게 위험한 지역인 건 적어도 말을 해 줬어야 하는 게 맞잖아?"

"그, 그걸 뭐, 나는, 그러니까 자네가 다 알고 수락한 건 줄 알았지, 뭐."

포일런은 끝까지 발뺌하려는 것 같았다.

'이 유령이 진짜?'

이민준은 가슴속에서 분노가 솟구침을 느꼈다.

하지만 지금 당장 그런 걸 따진다고 해서 나아질 건 없을 테니까.

'중요한 건 성지의 활성이다.'

이민준은 포일런을 정면으로 쳐다보며 말했다.

"멸망의 징조가 나타났어. 남은 시간은 고작 한 달이고. 그 시간 안에 성지를 모두 활성화시키지 못하면 이 세계도 끝이란 말이야!"

"뭐? 정말이야? 후우! 이거 큰일이구먼. 그래. 이걸 어쩌란 말인가?"

이민준의 말에 포일런이 이곳저곳을 날아다니며 호들갑을 떨었다.

어쩌긴 뭘 어째?

이민준은 포일런을 노려보며 말했다.

"그러니까 우선은 성지부터 먼저 활성화를 해야지."

쉬익-

이민준의 말에 빠르게 지상으로 내려온 포일런이 어색한 표정을 지으며 말했다.

"그게, 그러니까 나도 그러고 싶지만……. 그게 안 돼."

"뭐?"

"정말이야. 내가 고의로 이러는 건 아니라고."

이민준은 눈썹을 추켜 뜨며 포일런을 훑었다. 그러자 얼굴이 벌겋게 변한 포일런이 체념했다는 듯 한숨을 내쉬며 대답했다.

"성전을 만들 때 말이야. 그때는 이 일이 그렇게 오래 걸릴 줄은 몰랐어. 그래서 성전들을 설계하면서 최종적인 생산물이 나올 때까지 이곳과 소이엄에 있는 성전들이 작동하지 못하게 제약을 걸어 놨단 말이야."

"아니! 무슨 그런!"

포일런의 말에 버럭 소리를 지른 건 다름 아닌 아서베닝이었다.

결국, 백발 마녀의 꽃을 구하지 못한다면 포일런조차 성지를 활성화하지 못한다는 말이었다.

"그, 그래. 나도 정말 일이 이렇게까지 될 줄은 몰랐단 말이야."

이민준은 아무런 반응도 하지 않았다. 혹시나 포일런이 거짓말을 하는 것일 수도 있을 테니 말이다.

그때였다.

땅-

[상처 : 포일런의 말은 사실입니다. 3개의 성지를 활성화하기 위해선 포일런의 최종 생산물이 만들어져야 하는 게 조건입니다.]

그 무엇도 아닌 주신의 상처가 사실 여부를 증명해 주고 있었다.

여기서 무슨 말을 더 할 수 있을까?

"정말 제정신이야? 왜 일을 이렇게까지 만들어?"

화으윽-

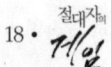

화가 제대로 났던지 아서베닝의 몸에서 강력한 마나가 스멀스멀 피어올랐다.

 이민준 또한 그런 아서베닝의 마음을 충분히 이해할 수 있었다.

 하지만 그렇다고 해서 함부로 폭력을 써서는 안 되는 일이다. 그런다고 달라지는 건 없을 테니 말이다.

 "베닝!"

 팟-

 이민준의 부름에 강력한 화염 마법을 소환했던 아서베닝이 어금니를 꽉 깨물며 마법을 취소했다.

 "가자. 여기서 우리가 할 수 있는 일은 아무것도 없는 것 같구나."

 "아, 알았어요, 형."

 안타까운 일이었지만 이민준과 아서베닝은 어쩔 수 없이 발길을 돌려야만 했다.

 바리아스 성에 있는 여관으로 돌아왔을 때는 어느덧 두 시간이 훌쩍 지난 후였다.

 "형, 저는 생각을 좀 정리해야겠어요."

 혼자 있고 싶다는 말일 거다.

 이민준은 고개를 끄덕이며 대답했다.

 "그래. 알았어. 그렇다고 해도 너무 멀리 가지는 말고."

드래곤의 고민 • 19

"그렇게 할게요."

어깨를 축 늘어트린 아서베닝이 여관 밖 어둠 속으로 몸을 감추었다.

안쓰럽다는 생각이 먼저였다.

그때였다.

"무슨 일이 있었습니까?"

여관 안쪽에서 걸어 나온 카소돈이 걱정스러운 표정으로 물은 거였다.

"카소돈 님, 아직 안 주무셨어요?"

"마음이 안정되지 않아서 기도를 좀 하고 있었습니다."

"그렇군요. 그럼 다른 일행들도요?"

"사실 코 고는 소리가 너무 시끄러워서 나온 거기도 합니다."

"하, 하하."

이민준은 저도 모르게 웃음을 터트리고 말았다.

아무리 멸망이라는 심각한 상황이 닥쳐 왔다고 해도, 결국 숙면 또한 중요하다는 걸 일행들이 증명했으니 말이다.

카소돈이 어두운 골목 쪽을 바라보며 물었다.

"어떻게? 이야기는 잘하셨습니까?"

이민준은 카소돈에게 조금 전에 있었던 일들을 모두 이야기해 주었다. 그러자 카소돈이 고개를 흔들며 말했다.

"후우! 결국 우리의 다음 목적지는 소이엄이 되겠군요."

잠시 뭔가를 생각한 카소돈이 다시금 말을 이었다.

"베닝 군의 고민이 깊을 수밖에 없겠군요."

이민준의 일행이라면 아서베닝의 불우한 과거를 모두 알고 있었다. 그렇기에 카소돈 또한 그런 아서베닝의 심정을 이해하고 있는 거였다.

이민준은 고개를 끄덕이며 말했다.

"세상엔 결국 피할 수 없는 현실이라는 게 있는 거니까요."

"안으로 들어가서 따스한 차라도 한잔하시겠습니까?"

나쁘지 않은 제안이었다.

이민준은 카소돈을 따라 1층 식당으로 들어섰다.

식당 주인과 시중을 드는 아이들도 모두 잠이 든 밤이었다.

그나마 다행인 건 여관에 머무는 사람들을 위한 차와 음식이 한쪽에 마련되어 있었다는 점이었다.

카소돈과 마주 앉은 탁자에는 김이 모락모락 올라오는 나무 컵이 두 개 놓여 있었다.

나무 컵에서 시선을 뗀 이민준은 카소돈을 바라보며 말했다.

"해가 뜨면 저와 루니, 그리고 크마시온과 킹 섀냐, 이렇게만 출발할 생각입니다. 아, 물론 베닝이는 저희를 위해서 이동 마법만 사용할 거고요."

그러자 카소돈이 고개를 흔들며 말했다.

"아니요. 아니지요. 그렇게 하셔서는 안 되지요."

"목숨이 달린 일입니다. 지금까지와는 다르게 목숨과 직결

되는 위협에 직면할 수도 있는 일이고요."

"후후후! 그걸 왜 모르겠습니까?"

카소돈이 여유롭게 웃으며 나무 컵을 들어 올렸다.

그리고 이민준은 이해할 수 없다는 눈으로 카소돈을 쳐다봤다. 그러자 카소돈이 별거 아니라는 듯한 표정을 지었다.

"저는 주신의 사제입니다. 목숨이 아까워 그분의 일에서 멀어지려 한다면 더 이상 사제로서의 자격이 없는 겁니다."

이민준은 고개를 갸웃하며 물었다.

"아무리 그렇다고 해도 사제께서 굳이 위험 지역으로 손꼽히는 다이온을 가실 필요는 없지 않습니까?"

"제가 방해될까 봐 그러십니까?"

"아니요. 아닙니다. 단지 그곳에서라면 저조차도 제 목숨을 장담할 수 없을 것 같아서 그러는 겁니다."

"후후후! 그렇다면 더더욱 문제 될 게 없지 않습니까?"

이민준은 답을 달라는 것처럼 카소돈을 바라보았다.

그러자,

드륵-

자리에서 일어난 카소돈이 이민준에게 다가와 따스한 손을 어깨 위에 올려 주며 말했다.

"한니발 님, 당신의 실패는 우리 모두의 실패입니다. 그렇기에 저는 제가 가진 모든 걸 이용해서 그 실패를 막으려는 것뿐입니다. 이건 당신만의 일이 아닙니다. 저도 당신과 같은 짐을 짊어지고 있을 뿐입니다. 그러니 너무 걱정하지 마세요."

그렇게 말한 카소돈이 이민준의 어깨를 톡톡 두드려 주고는 식당을 떠났다.

'같은 짐이라……'

카소돈의 말을 곰곰이 되짚어 보니 자신이 너무 압박을 받고 있었던 건 아닌가 하는 생각이 들었다.

책임감이라고 믿었으니까.

그런데 이렇게 돌아보니 멸망을 막는 일을 위해 노력하는 게 자신만이 아니라는 걸 새삼 느끼게 되었다.

언제나 자신을 믿고 따라 주는 일행들.

'역시 주신의 사제는 뭐가 달라도 다르구나.'

그들이 있어 외롭지 않음을 다시금 깨닫는 밤이었다.

※ ※ ※

우우웅- 끼익-

차에서 내린 이민준은 주변을 둘러보았다.

쿵- 쿵-

깡- 깡-

허허벌판에 컨테이너 하우스 몇 개만이 놓여 있던 곳이었는데 지금은 공사가 한창 진행 중이었다.

물론 그렇다고 해서 컨테이너 하우스가 완전히 없어진 건 아니었다.

단지 원래 있던 자리에서 조금 옆으로 옮겨졌을 뿐.

자각- 자각-

이민준은 흙길을 걸어 컨테이너가 있는 곳으로 다가갔다.

끼익-

그러자 때마침 문이 열리며 눈에 익은 얼굴이 나타났다.

"이 대표님, 시간 맞춰 오셨군요."

그리고 그 사람은 다름 아닌 지혁수 사장이었다.

이민준은 손을 내밀며 인사했다.

"잘 지내셨죠? 지 사장님."

"잘 지내다 뿐입니까? 우량 고객이신 이 대표님 덕분에 이렇게 제대로 된 건물 공사도 시작한 거 아닙니까?"

지혁수는 처음 봤을 때보다 더욱 밝아진 모습이었다.

왜 아니겠는가?

이민준과 거래하면서 꽤 많은 돈을 벌었다.

사실 따지고 보면 새마음 심부름센터는 이민준의 개인 심부름을 위해 존재한다고 봐도 무방할 정도였다.

"들어가시죠. 시원하게 에어컨을 틀어 놨습니다."

고개를 끄덕인 이민준은 여전히 사무실로 사용 중인 컨테이너로 들어섰다.

7월의 불볕더위가 온 세상을 짓누르는 듯한 날씨다.

그렇기에 이렇게나 시원한 사무실이 무엇보다 반가운 거

였다.

　탁-

　"드세요."

　지혁수가 얼음이 담긴 냉커피를 탁자에 놓아 주었다.

　후룩-

　달콤하고 시원한 냉커피로 입안을 헹군 이민준은 맞은편에 앉은 지혁수에게 서류 봉투를 건네주었다.

　바스락-

　봉투 안을 확인한 지혁수가 고개를 흔들며 말했다.

　"후우! 그러니까 국회의원들을 조사해 달라, 이 말씀이시죠?"

　"그렇습니다. 가능하다면 빨간색으로 표시된 사람들에겐 더욱 신경을 써 주셔야 하고요."

　"부패한 정치인이라……."

　잠시 서류를 살핀 지혁수가 살짝 미소 지으며 말을 이었다.

　"정치인들을 조사하는 건 위험부담이 상당합니다."

　"그긴 알고 있습니다. 그러니 될 수 있으면 전문적인 사람들로 고용해 주세요."

　"조사원의 급이 올라가면 달라지는 게 있습니다."

　고개를 들어 이민준의 표정을 살핀 지혁수가 미소를 지으며 말을 이었다.

　"말을 안 해도 잘 아시겠죠?"

"비용이 많이 들 거라는 말씀이시죠?"
"이것 참 매번 죄송하기도 하고, 민망하기도 하고 그러네요."
"그렇게 생각하시면 좀 깎아 주시든가요."
"사랑합니다, 고객님."
"후후후."

지혁수의 너스레에 이민준은 그만 웃음을 흘리고 말았다.

이들과 일하면서 어느새 편한 상대가 되어 가는 기분이었다.

하지만 그렇다고 해도 일은 일이니까.

얼굴에서 웃음기를 지운 이민준은 진지한 표정으로 말했다.

"단순한 정황증거만으론 안 됩니다. 확실하게 덜미를 잡을 수 있는 영상이나 사진 자료가 필요합니다."

그러자 이민준을 따라 진지하게 변한 지혁수가 믿음 가는 눈빛으로 대답했다.

"알겠습니다. 실망하지 않으시도록 최선을 다하겠습니다."

확실한 프로들과 일한다는 건 이런 것 같았다.

든든한 마음.

좋은 사람과 관계를 맺으니 어찌 기분이 좋지 않을까?

지혁수와 몇 가지를 추가로 의논한 이민준은 냉커피를 한 잔 더 마신 후 바로 사무실을 빠져나왔다.

천안에 있는 SH 무역 건물로 돌아온 이민준은 대표실로 들어가 바로 노트북을 가동했다.

타닥- 타다닥-

그러고는 이메일부터 확인했다.

두 페이지에 다다르는 신규 메일이 담겨 있었다.

짤깍- 짤깍-

이민준은 마우스를 움직이며 자신이 원하는 메일부터 찾았다.

"흐음."

하지만 안타깝게도 기다리고 있던 메일은 도착하지 않았다.

'읽기는 한 걸까?'

서로 선이 닿지 않은 외국 업체와 미팅을 잡는 건 결코 쉬운 일이 아니었다.

신기술에 대한 실적조차 없는 지금 상황에서는 더더욱 그렇고 말이다.

이민준은 자리에서 일어나 창가 쪽으로 다가갔다.

지혁수에게 부탁을 해서 이번 개인 정보 보호법과 관련된 국회의원들을 조사시켰다.

그리고 이호범에게 부탁해서 대번 테크윈의 취약한 부분을 파고들려고 준비 중이기도 하고.

문제라면 그 어느 것 하나 완벽하게 진행된 것이 없다는 거였다.

그렇기에 외국 쪽 업체와 접촉을 하려는 거다.

만약 노영인의 기술이 한국에서 막혀 버린다면 그땐 어쩔 수가 없다.

나라에서 버린 자식이라면 외국에서 성공해서 돌아오는 수밖에.

시선을 돌린 이민준은 책상 위에 올려진 노트북을 쳐다봤다.

'그것도 답장이 와야 뭘 알 수 있는 거지.'

모든 게 암흑 속에 갇혀 있는 기분이었다.

꽈득-

이민준은 강하게 주먹을 쥐었다.

상황이 아무리 이렇다고 해도 결코 포기할 생각은 없었다.

두고 봐라.

강경억.

당신은 분명 후회하게 될 테니까.

어금니까지 꽉 깨문 이민준은 자신의 의지를 다지고, 또 다졌다.

※ ※ ※

"그러니까 이리로 가면 된다는 말이죠?"

히메인의 질문에 노인이 눈을 깜빡였다. 그것도 아주 느리게 말이다.

하지만 그럼에도 히메인은 마음의 여유를 가지고 기다렸다.

자신이 누구던가? 천계에서도 알아주는 자비로운 약속의

여신이 아니던가?

'그래. 괜찮아. 나는 너그러운 여신이니까. 이 늙은 인간의 대답을 기다려 주겠어.'

히메인은 노인을 향해 방긋 미소 지어 주었다.

"흐음."

그러자 노인이 답답하다는 표정으로 천천히 고개를 흔들었다.

니든이라는 이름을 머리 위에 달고 있는 노인이었다. 그가 얼굴에 자글자글한 주름을 더욱 늘리며 입을 열었다.

"그러니까 처자, 자네가 가고 싶어 하는 동부 연안은 말일세, 지금 들고 있는 그 지도에 내가 3일 전에 표시를 해 준 그 위치로 찾아가서 이동 마법 주문서를 사면 된단 말일세."

"아! 호호! 그렇죠. 그렇게 말을 했었죠. 그래서 이쪽으로 갔었는데, 저는 왜 다시 여기로 와 있는 걸까요?"

히메인이 정말 모르겠다는 표정으로 물은 거였다.

'자기가 잘못해서 돌아와 놓고 그걸 왜 나한테 물어?'

니든은 끔찍한 두통이 올라옴을 느꼈다.

대체 이 여자는 뭘까?

생긴 건 멀쩡하게 생겨서 자꾸 이상한 행동을 한다.

"하아."

양손으로 관자놀이를 꾹꾹 누른 니든이 말했다.

"자네, 그 질문만 벌써 세 번째네. 그러니까 그제, 어제, 오늘, 어떻게 3일 연속 같은 자리를 맴돌 수가 있는 겐가?"

"그러게요."

"자네 혹시 길치인가?"

길치? 그게 뭐지?

히메인은 최대한 티가 나지 않게 노력하며 빠르게 머리를 굴렸다.

천계에서 지상계로 내려오면서 속성 과정으로 교육을 받았었다.

여신이 지상계로 내려왔다는 게 알려지면 안 되니까.

그건 자칫 마계를 자극하여 이 세계의 균형을 무너트릴 수도 있는 일이었다.

그렇기에 인간들에게 걸리지 않기 위해 위장 이름을 달고 왔고, 존댓말이나 반말에 대한 규칙도 배웠다.

하지만 길치라니?

'속성 과정에 그런 단어는 없었는데······.'

살짝 고민이 되긴 했다.

하지만 누가 뭐래도 임기응변에 강한 자신이 아니던가?

'그래. 인간들은 여신의 생김새를 처음 봤을 테니까, '길치'란 아마도 나의 아름다움에 대해서 하는 말이 아닐까?'

히메인은 그렇게 믿었다. 그러고는 대답했다.

"당신이 그렇게 생각한다면 그게 맞는 거겠죠. 호호! 부끄럽네요."

"아하!"

그녀의 대답에 니든은 그만 입을 떡하니 벌리고 말았다.

'역시! 내 미모에 늙은 인간이 넋이 나갔군그래.'

히메인은 그렇게 생각했다.

그리고 그녀의 입장에선 그건 어쩌면 당연한 이야긴지도 몰랐다.

천계에서도 그녀의 미모에 반하지 않은 신이 거의 없었을 정도였으니 말이다.

하지만 지금은 이런 기분을 만끽할 때가 아니었다.

서둘러 한니발을 찾아야 한다.

"자, 봐요, 니든. 이번에야말로 저에게 동부 연안으로 가는 길을 제대로 알려 줄 때예요. 어서 설명해 봐요."

히메인은 니든이 울상을 짓고 있다는 걸 전혀 알아채지 못했다. 그럴 만큼 자기 자신에게만 몰두하고 있었으니 말이다.

'아우! 이 여자 정말!'

도저히 참을 수 없다고 생각한 니든은 빠르게 주변을 훑어보았다.

그러고는,

"어이! 지미! 이봐! 거기! 이리 와!"

때마침 마차를 몰고 지나가던 한 청년을 불러 댔다.

다각- 다각-

청년이 짐마차를 몰고는 니든에게 다가왔다.

지미라는 이름을 가진 청년이었다.

니든이 소리쳤다.

"지미! 여기 여성분을 텔룬 성에 좀 모셔다 드리게."

"테, 텔룬 성이요? 어르신, 거긴 가는 데만도 3시간이나 걸리는걸요."

"그건 알 거 없고! 어서 모셔다 드리게."

"하, 하지만 어르신, 제가 그렇게 여유 있는 사람이 아닙니다."

"어어, 그러셔? 그럼 말일세, 지미. 자네가 엊그제 제이니랑 방앗간에서 했던 일을 그녀의 아버지가 들으시면 뭐라고 하겠나?"

"히익! 그, 그걸 어떻게?"

"오빠 이러지 마세요! 저 약혼자가 있단 말이에요. 아주 난리가 나더구먼."

"허, 허억! 어르신!"

"그래. 그럼 어떻게 하겠는가? 내 지금 당장 제이니의 아버지를 찾아갈까?"

"어, 어르신! 지, 지금 당장 다녀오겠습니다. 마, 마차에 오르시죠, 아가씨."

"어머! 저를 데려다주신다는 말이에요?"

"그, 그렇습니다요, 아가씨."

"아이, 고마워라!"

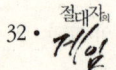

히메인은 기쁜 마음으로 짐마차에 올랐다.

저들이 무슨 이야기를 하는지는 모르지만, 역시나 자신이 '길치'라서 대접을 받는다는 생각이 먼저였기 때문이었다.

'호호호! 역시 여신은 예쁘고 봐야지.'

그녀는 방글방글 웃으며 니든에게 인사했다.

다각- 다각-

하지만 멀어져 가는 마차를 바라보는 니든의 생각은 달랐다.

'어휴! 저 길치!'

니든은 단지 자신의 두통을 유발시키는 이상한 여자를 시야에서 치우고 싶었을 뿐이었으니 말이다.

❉ ❉ ❉

이민준은 난감한 눈으로 일행들을 바라보았다.

날이 밝자마자 모두와 함께 바리아슨 성 밖으로 나온 거였다. 그리고 이번 소이엄 여행은 자신과 루나, 그리고 카소돈만이 가겠다는 이야기도 전했다.

그러자 난리가 나고 말았다.

"오빠! 우린 모든 어려움을 함께하기로 한 거잖아요."

"맞아요, 한니발. 죽어도 같이 죽고, 살아도 같이 살아야죠."

불만을 토로한 이들은 다름 아닌 에리네스와 앨리스였다.

이들 또한 카소돈만큼이나 일행과 떨어지는 걸 내켜 하지 않고 있었다.

이민준은 고개를 흔들며 대답했다.

"블랙 드래곤의 서식지로 가는 일이에요. 목숨을 소중히 여겨야죠."

"어차피 오빠가 실패하면 다 죽는 거나 마찬가지잖아요. 그러니 최대한 도와야죠. 저도 카소돈 님과 같은 입장이에요."

"그래요, 한니발. 저 또한 그래요."

아무리 설득을 하려 했지만 도저히 말이 통할 거 같지는 않았다.

"흐음."

이민준은 크게 숨을 내뱉었다.

자신이 의도했던 바와는 상황이 다르게 돌아가고 있었다.

하지만 그렇다고 해도 마음이 나쁘지는 않았다.

아니, 오히려 따스한 기분이라고 해야 할까?

'그래. 그럼 이렇게 된 이상 어쩔 수 없지.'

결심을 굳힌 이민준은 일행들에게 말했다.

"좋습니다. 그럼 일단 다 같이 소이엄으로 가는 걸로 하죠."

그렇게 말하며 아서베닝을 쳐다봤다. 녀석은 여전히 어두운 얼굴을 하고 있었다.

이민준은 아서베닝에게 다가가 녀석의 어깨를 두드려 주었다. 그러자 아서베닝이 고개를 들어 이민준을 쳐다봤다.

제2장

죽음의 땅

"형."

"그래, 베닝아."

"저도, 저도 일행들과 함께 다이온으로 가겠어요."

이민준은 아서베닝의 얼굴을 쳐다봤다. 녀석은 크게 결심을 한 듯 야무지게 입술을 다물고 있었다.

"굳이 무리하지 않아도 괜찮아. 그곳에 가면 네가 가장 힘들 거라는 걸 잘 알고 있잖아."

"알아요. 그리고 절망적인 상황에 놓이게 될 수 있다는 것도 알고 있고요. 하지만 그렇다고 해도 저 또한 우리 일행의 일원이잖아요."

일행의 일원.

개인적인 성격이 강하기로 유명한 드래곤이다.

그런데 그런 녀석이 일행들과 함께하며 어느새 공동체 의식을 몸에 담기 시작했다.

놀라운 일이었다.

이민준은 따스한 눈으로 아서베닝의 얼굴을 살폈다.

지난밤, 혼자서 많은 생각을 정리했을 게 분명했다.

이건 다름 아닌 녀석의 의지다. 또한 드래곤의 결심이기도 하고 말이다.

이민준은 고개를 끄덕였다.

굳게 마음을 다진 아서베닝의 의견을 무시하는 것 또한 도리가 아닌 것 같았기 때문이다.

"베닝, 정말 결심한 거야?"

"언제까지 피하고만 있을 수는 없는 일이잖아요. 맞아요. 결심했어요."

그렇다는데 말릴 이유가 있을까?

"그래. 그럼 함께 가자. 그리고 소이엄에서 새로운 방법이 떠오를 수도 있는 거잖아? 최선의 길을 선택해 보자."

"알았어요, 형."

이젠 모든 준비가 끝났다.

멸망까지 남은 시간은 D-29일.

소이엄에서의 일을 일찍 끝낼 수만 있다면 멸망의 날이 오기 전에 모든 주신의 성지를 활성화할 수 있을 거란 기

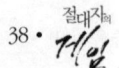

대감이 생겼다.

 물론 반대로 생각해서 소이엄에서의 일이 꼬일 경우 결국 멸망을 막지 못한다는 소리가 되기도 하고 말이다.

 '서두르자.'

 생각을 정리한 이민준은 바다 건너 소이엄 대륙으로의 순간 이동을 위해 일행들을 한곳으로 모았다.

 그러다 문득 든 생각이 있었다.

 "베닝, 우리가 순간 이동하는 곳에서 다이온까지는 얼마 정도의 거리야?"

 "우리가 가는 곳이 소이엄의 알곳이니까……. 으음, 그곳에서 루나가 만든 마차를 이용하면 대략 이틀 정도면 충분할 거예요."

 그렇단 말이지?

 그런데 루나의 마차라고? 그건 부서졌었는데?

 이민준은 그런 생각으로 루나를 쳐다봤다. 그러자 녀석이 방긋 웃으며 말했다.

 "어제저녁에 마차를 만들 수 있는 연금술과 재료를 긁어모아 놨어요."

 녀석은 마치 '나 잘했죠? 머리 쓰다듬어 주세요.' 하는 표정으로 이민준을 올려다보고 있었다.

 "그래. 고생이 많았겠구나."

 이민준은 루나의 머리를 쓰다듬어 주었고,

"헤헤."

루나는 꽤나 행복한 얼굴로 웃었다.

"좋아. 그럼 됐다. 베닝! 가자. 소이엄으로."

"알았어요. 다들 준비하세요. 이동!"

후우욱-

아서베닝이 주문을 외우자 강력한 마나가 일어나며 일행들의 몸을 휘감았다.

화그윽-

탁한 색의 거품이 점점 옅어지는가 싶더니, 이내 주변을 막고 있던 방어막이 사라졌다.

혹시 모를 공격에 대비하기 위해 검과 방패를 들고 방어자세를 취한 이민준은 조심스럽게 주변을 살폈다.

쿠룽- 쿠르릉-

하늘을 잔뜩 뒤덮은 먹구름 속에서 맹수의 낮은 으르렁거림 같은 천둥소리가 불길하게 울려 퍼졌다.

온통 돌로 이루어진 산의 중턱이었다.

'여기가 알곳이란 말이지?'

순식간에 바다 건너 먼 이국땅으로 넘어왔다.

이곳은 소이엄 대륙의 서부이자 검은색이 짙게 물든 돌이 잔뜩 깔린 세상이기도 했다.

산은 그다지 높지 않았다.

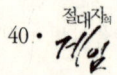

또한 마차를 타고 내려갈 수 있을 정도로 길이 나 있기도 했고 말이다.

'루나의 마차로 편하게 가면 되겠구나.'

그렇게 생각하며 막 루나에게 말을 하려던 참이었다.

"아윽!"

갑작스럽게도 아서베닝의 비명이 뒤쪽에서 들려왔다.

"뭐야? 왜 그래?"

이민준은 놀란 눈으로 아서베닝을 돌아보았다.

"허억! 허억!"

녀석은 마치 심장이 아픈 사람처럼 양손으로 가슴을 움켜잡고 있었다.

타닥-

빠르게 아서베닝에게 다가간 이민준은 녀석의 팔을 잡아 주었다.

"크윽!"

아니나 다를까.

아서베닝은 다리에 힘이 빠진 것처럼 휘청였지만 이민준 덕분에 넘어지지는 않았다.

"어, 어디가 아픈 거야?"

"세상에! 베닝 님? 무슨 일이십니까?"

루나와 크마시온이 걱정스러운 말을 쏟아 냈고,

"비켜 봐. 내가 치료해 볼게."

에리네스는 힐러답게 오른손에 하얀빛을 띠우며 바짝 다가왔다.

하지만,

"아니, 아니요. 그런 게… 크윽! 아니에요."

아서베닝이 손을 들어 에리네스의 치료를 거부했다.

대체 무슨 일이지?

"킹 섀나, 크마시온, 그리고 앨리스. 주변을 경계해 주세요."

"알았어요, 한니발."

"명령대로 하겠습니다, 주인님."

((흐어어!))

함께 행동한 시간이 길었던 만큼 일행들은 이민준의 뜻을 빠르게 받아들였다.

혹시 모를 적의 매복이나 몬스터의 공격을 방어해야 한다.

더군다나 지금처럼 일행 중 누군가가 갑자기 아파서 방어의 공백이 드러났을 경우에는 더더욱 말이다.

"이쪽은 이상 없어요!"

"이쪽도 마찬가지입니다!"

((흐어어! 안전 확보!))

서둘러 스킬을 사용한 일행들 덕분에 주변에 대한 안전이 확보되었다.

이민준은 조심스럽게 아서베닝의 양쪽 어깨를 잡고는 평평해 보이는 바위에 앉혀 주었다.

"허억! 허억!"

거칠게 숨을 몰아쉬고 있는 아서베닝의 얼굴에 땀이 몽글몽글 맺혔다.

'이게 말이 돼?'

지금까지 한 번도 아프거나 약한 모습을 보인 적이 없었던 아서베닝이다.

그런데 그런 녀석이 창백해진 얼굴과 두려운 눈으로 어쩔 줄을 몰라 하고 있는 거다.

"괜찮겠어, 베닝아? 아픈 거라면 에리네스의 치료를 받아 보는 것도 나쁘지 않잖아?"

그러자 아서베닝이 고개를 흔들며 대답했다.

"이건 그런 거와는 다른 거예요, 형. 무언가 불길한 것이, 크윽! 제 드래곤 하트를 꽉 움켜쥐고 있어요. 대체, 대체 이 뜻 모를 불안감은 뭘까요?"

녀석은 겁에 질린 모습이었다.

한 번도 겪어 본 적 없는 특이한 반응.

태어나서 처음으로 독감을 앓는 아이의 기분이 이런 걸까?

나이가 어린 드래곤으로서 두려움을 느끼는 건 어쩌면 당연한 일일지도 몰랐다.

이민준은 조심스럽게 카소돈과 에리네스, 그리고 루나의 표정을 살폈다.

이 상황에 대해서 짐작을 하는 이는 아무도 없었다.

"안 되겠다. 네가 괜찮아질 때까지 이 근처에 캠프를 쳐야겠다."

"아니에요, 형. 그러실 필요 없어요. 크윽! 후우! 어차피 루나의 마차로 이동하는 거잖아요. 저는 마차 지붕에서 좀 쉬면 괜찮아질 거예요."

"정말 괜찮겠어?"

"네."

인상을 찡그리고 있긴 했지만, 그래도 처음과는 달리 창백한 기운이 많이 가신 것처럼 보였다.

이민준은 자신의 오른손을 들어 손바닥을 확인했다.

만약 아서베닝이 느끼는 불길함과 불안함이 주신의 상처가 알려 주는 그런 종류의 경고라면?

고개를 갸웃했다.

그렇게 생각하기엔 뭔가가 이상했다.

왜 주신의 상처는 아무런 반응이 없는 걸까?

이민준은 자신의 손과 아서베닝을 번갈아 가며 쳐다봤다. 아무래도 조금은 다른 문제인 거 같았다.

"일단은 이곳을 벗어나야겠다. 루나!"

"알았어요."

이민준의 뜻을 알아챈 루나가 고개를 끄덕이며 자신의 인벤토리에서 각종 재료를 꺼내었다.

마차를 만들기 위한 기본 재료들이다.

놀라운 건 녀석의 인벤토리에 꽤 많은 양의 나무도 들어 있었다는 거였다.

"이게 다 레벨을 잔뜩 올린 덕분이죠."

세 번째 성지와 관련된 퀘스트를 진행하면서 무려 189레벨이 된 루나다.

그녀가 말한 것처럼 높아진 레벨 덕분에 인벤토리에 적재할 수 있는 물건의 양도 상당히 늘어난 거였다.

착-

루나가 커다란 유리병을 꺼내 들었다. 여러 가지 재료로 마차를 만드는 연금술이었다.

"나와라! 특수 마차!"

펑-

루나가 던진 유리병이 재료들 위에서 터지며 하얀 연기와 함께,

철컥- 철컥철컥-

마차가 만들어졌다.

"우와! 이건?"

이동을 위해 가까이 다가온 크마시온이 놀랐다는 듯 턱을 달그락거렸다.

왜 아니겠는가?

"이게 뭐야? 전에 만들었던 마차와는 완전히 다른걸?"

이민준 또한 루나가 만든 새로운 버전의 마차에 감탄사

를 보냈다.

마치 거대한 SUV와 같은 모습이었다.

커다란 마차 바퀴는 나무가 아닌 고무를 이용한 타이어의 모습이었고, 마차의 외관은 장갑차처럼 탄탄해 보이기까지 했다.

루나가 밝은 표정으로 말했다.

"소이엄 대륙에 대해 공부를 좀 했죠. 워낙 험지가 많은 동네라 일반 마차의 내구도로는 얼마 못 가 망가질 거 같더라고요."

"그래서 이런 특수 마차를 개발한 거야?"

"맞아요, 오빠."

평소 같았으면 깔깔거리며 웃어 댔을 루나지만 지금은 아서베닝의 건강이 걱정되는 상황이었다. 그래서인지 루나도 조심스럽게 눈치를 보고 있을 뿐이었다.

"머리 꽤나 쓴 흔적은 보이네."

조금은 괜찮아졌는지 힘겹게 자리에서 일어난 아서베닝이 애써 농담조의 말을 던졌다.

자신 때문에 일행들이 신경을 쓰고 있다는 걸 눈치챈 모양이었다.

자존심이 강하기로 따지면 우주 최강일지도 모를 드래곤이다. 그런 녀석이었기에 자신 때문에 일행들의 일정을 방해하고 싶지 않았던 모양이었다.

"그럼 서둘러 출발합시다."

"그렇게 하는 게 좋겠군요."

"알았어요."

달칵-

이민준의 말에 일행들이 서둘러 마차에 올랐다.

물론 객실을 싫어하는 아서베닝은 마차의 지붕으로 올라갔다.

"알지, 크마시온?"

"물론입니다. 지금 같은 상황이라면 당연히 제가 운전을 해야지요."

눈치 빠른 크마시온이 서둘러 마부석으로 움직였다.

아서베닝의 상태가 걱정되었기에 이민준 또한 객실이 아닌 마부석에 함께 탔다.

마부석에 앉은 이민준은 고개를 돌려 뒤쪽을 쳐다봤다.

"어라?"

마차의 지붕에는 놀랍게도 푹신한 소파가 마련되어 있었다.

"으흠! 아무래도 루나가 신경을 좀 쓴 거 같은데요?"

아서베닝도 의외라는 듯 어색한 표정을 짓고 있었다.

루나는 항상 까불기만 하던 꼬맹이다.

세상모르고 출랑대기만 하는 철없는 인간 여자아이.

아서베닝이 생각하는 루나는 그런 녀석이었다.

그런데 그런 루나가 자신을 위해 이런 편의 시설을 준비해 줄 줄 상상도 못했던 거다.

아서베닝은 몸이 불편한 와중에도 이런 루나의 배려에 왠지 코끝이 찡해짐을 느꼈다.

"허어! 이것 참. 흠흠!"

항상 어른인 척을 하려 했던 아서베닝은 저도 모르게 솟구치는 감정을 숨기기 위해 먼 산을 바라보았다.

'후후! 짜식.'

이민준은 그런 아서베닝의 모습이 왠지 정감 있게 느껴졌다.

"일단 푹 쉬면서 몸을 점검해 봐. 혹시라도 이상이 생긴 것 같으면 빨리 말해 주고."

"그럴게요, 형."

고개를 끄덕여 준 이민준은 자신만을 쳐다보고 있는 크마시온에게 말했다.

"뭐해? 출발 안 하고?"

"앗! 알겠습니다. 출발하겠습니다."

위이이잉- 드르르륵-

크마시온이 마나를 불어넣자 커다란 마차가 천천히 움직였다. 크마시온 또한 몸이 불편한 아서베닝을 위해 조심 운전을 하는 거였다.

달칵- 달카각-

마차는 울퉁불퉁한 길을 달리고 있음에도 상당히 안정적인 모습을 보여 주었다.

 그럴 만큼 루나가 모든 역량을 발휘해서 마차를 만들었다는 뜻이 되는 거다.

 '루나도 점점 성장해 가는구나.'

 마냥 어린아이인 줄만 알았던 녀석이 점점 자신의 자리를 차지하고 있었다.

 그뿐일까?

 연금술사로서의 레벨마저 높아진 루나는 그 어떤 일행들보다도 강력한 공격 기술과 편의 기술을 보여 주기도 했다.

 이민준은 저도 모르게 미소를 짓고 말았다. 그런 만큼 루나가 뿌듯하게 느껴졌기 때문이다.

 "우와! 주인님, 이 마차! 정말 끝내주는데요? 으흐흐! 이렇게 운전하기 쉽고, 힘이 느껴지는 마차는 난생처음입니다."

 크마시온도 감탄했다는 듯 턱을 달그락거렸다.

 "그래. 그러니까 안전 운전해라."

 "서정 붙들어 매십시오!"

 달각- 달각-

 조금을 더 달리자 돌산을 벗어날 수 있었다.

 이민준은 집중력을 끌어 올려 주변을 둘러보았다.

 크흐- 크으응-

카우우-

길 바깥으로 희귀하게 생긴 몬스터들의 모습이 보였다.

변종이라고 봐도 무방할 정도로 끔찍하고 기괴한 모습을 한 몬스터들이었다.

"흐음."

이민준은 크게 숨을 내뱉었다.

죽음의 땅이라고 불리는 소이엄 대륙이다.

산을 벗어나 넓은 들판으로 나왔음에도 어른 무릎 이상 올라올 정도의 식물은 보이지 않았다.

그럴 만큼 황폐한 땅이란 소리였다.

물론 이곳에 온 것이 휴양이나 여행의 목적은 아니었다.

엄밀히 말하면 멸망을 막기 위한 중요한 임무를 가지고 이 땅을 찾은 거다.

하지만 그렇다고 해도 주변에 보이는 삭막함은 보는 이로 하여금 불안감을 느끼게 하기에 충분한 모습이었다.

'괜히 죽음의 땅이겠어?'

그렇게 생각한 이민준은 끝이 보이지 않는 길을 무겁게 노려보았다.

✡ ✡ ✡

천안 외곽에 있는 창고형 건물이었다.

새벽 운동을 위해서 빌린 건물이었는데, 주목적은 향상된 육체 능력을 남들에게 보이지 않기 위해서였다.

요즘처럼 신기한 장면에 목말라하는 모바일 시대에 하늘을 날 듯한 엄청난 점프력과 쇠도 구부릴 만큼의 강력한 힘을 가진 남자라면 충분히 구경거리가 될 만하지 않겠는가?

'동물원의 원숭이라면 딱 질색이지.'

고개를 흔들어 잡생각을 털어 낸 이민준은 와인드업 자세를 잡고는 바로 야구공을 던졌다.

휘익- 팡-

휘익- 팡-

두툼한 매트로 만들어 놓은 완충 벽이었음에도 이민준이 뿌린 공이 부딪치자 크게 출렁였다.

그럴 만큼 공의 위력이 대단했다.

"후우."

이민준은 가볍게 어깨를 돌렸다.

몸 상태가 워낙 좋다 보니 힘을 조절하며 던지기가 간지러웠다.

마음 같아서야 최고 구속을 연속해서 꽂아 넣고 싶었지만 그러지는 않았다.

속도 조절하는 법을 익히기 위해서였다.

적어도 지금까지 확인한 최고 구속은 190킬로미터에 가까웠다.

'근데 그걸 받아 줄 포수가 있긴 할까?'

이민준은 저도 모르게 기분 좋은 웃음을 흘렸다.

투수로 세상에 모습을 드러내려면 최고 시속 160~170킬로미터가 적당할 것 같았기 때문이다.

물론 야구는 공의 속도만이 전부는 아니다.

아무리 공을 빠르게 던진다고 해도, 공을 원하는 위치에 꽂아 넣을 수 없다면 그건 그냥 공만 빠른 쓰레기가 되는 거다.

뭐, 혹자는 공만 빠른 살인 기계라고도 부르지만…….

공을 빠르게 던졌는데 공이 손에서 빠져 타자의 머리나 얼굴에 직격한다고 생각해 보라.

190킬로미터짜리 대포알을 발사하는 거나 마찬가지다.

제구력이 중요한 이유가 바로 그런 거였다.

포수가 원하는 위치에 공을 정확하게 찔러 넣어 주는 것 말이다.

이민준은 가볍게 손목을 돌렸다.

그것뿐만이 아니라 손목 스냅 또한 중요했다.

손목의 스냅과 공의 실밥을 긁어 주는 손아귀의 힘.

이것들이 맞아떨어지면 공의 회전 속도를 환상적으로 높여 줄 수 있었다.

미친 듯이 회전하는 공.

공의 회전 속도가 빠르면 타자 입장에서 공을 맞히기가 힘들어진다.

자신이 예상했던 것보다 공이 빠르게 다가와 버리기 때문이었다.

이런 공을 두고 바로 묵직한 공이라고 말하기도 했다.

혼자서 훈련을 하는 이민준은 이런 것들을 염두에 두며, 조금씩 조금씩 몸을 만들어 가고 있었다.

휘익- 팡-

변화구까지 합쳐서 총 200개의 공을 던졌다. 그럼에도 전혀 어깨에 무리가 가지 않았다.

'완전히 무쇠 팔을 장착한 기분인걸?'

아마도 이렇게 야구 선수로 나서면 매일같이 마운드에 오를 수 있을 것 같았다.

물론 실제로 그런 일이 벌어진다면 남들이 사기꾼처럼 생각하거나, 아니면 실험 대상이 될 수도 있으니 조심해야 했다.

'뭐, 그렇다고 당장 선수가 될 건 아니니까.'

언젠가는 신고 선수 테스트를 통해서 프로 구단에 입단하고 싶은 마음이 있었다.

그게 아니라면 미국으로 건너가서 마이너리그부터 시작하든가 말이다.

그리고 그 모든 꿈을 위해서는 회사 일과 아버지의 원수를 갚는 게 우선이었다.

덜그럭- 달각-

운동을 끝낸 이민준은 서둘러 창고를 정리했다.

자물쇠를 잠그고 밖으로 나오니 이미 날이 밝은 상태였다.

고작 새벽 6시 30분이었다. 그럼에도 세상은 환하기만 했다.

'괜히 여름이 아니지.'

7월의 아침은 일찍부터 달궈지기 시작했다.

세상을 한 번 둘러본 이민준은 아련한 눈으로 창고 쪽을 바라보았다.

강경억을 처리하고 회사를 정상 위치에 올린다.

그리고 게임을 정리하면 끝.

목표는 분명했다.

그 모든 일이 정리되면 자신이 원했고, 아버지가 바라셨던 빅리그에 도전하는 거다.

두근- 두근-

생각만으로도 가슴이 요동치는 기분이었다.

"휘유!"

크게 숨을 내뱉어 감정을 정리한 이민준은 차에 올라 시동을 걸었다.

일찍부터 회사에 출근했다.

언제나 그렇듯 가장 먼저 출근한 사람은 이민준이었다.

당연한 이야기였다.

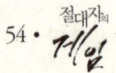

언제나처럼 집에 가서 씻고 아침을 먹고 나오면 항상 이 시간대였으니 말이다.

"아우! 내가 너 때문에 피곤해서 못 살겠다, 정말."

성창식이 투덜거렸다. 종종, 아니 거의 매일같이 이민준의 집에서 아침을 먹는 성창식은 어쩔 수 없이 이민준과 출근 시간을 맞출 수밖에 없었다.

"그게 불만이면 아침을 따로 드시든가요, 성 이사님."

"헤헤! 그럴 순 없지! 역시 아침은 이 대표 어머님표 아침이 짱이지 않습니까?"

피식-

이민준은 성창식의 너스레에 그만 웃음을 터트리고 말았다.

"이 대표, 어떻게? 달달한 봉지 커피 한 잔 타 줄까?"

"매일같이 마시면서 그런 걸 또 묻는 그대를 보니 아직 배워야 할 게 많은 것 같구려, 친구여."

"으윽! 내 비록 나이는 어리나 얼굴로는 세상 그 누구보나 오래 산 사람처럼 보이지 않소? 그러니 너그러운 이 대표가 이해하시구려. 크크크!"

"푸흡!"

시답잖은 농담 덕분에 크게 한바탕 웃은 이민준은 성창식이 타 준 커피를 들고 대표실로 들어섰다.

털썩-

죽음의 땅 • 55

업무 책상에 앉아 노트북부터 켰다.

위잉- 띡-

후륵-

화면이 켜지는 걸 보면서 커피로 입술을 적셨다.

타닥- 타다닥-

그러고는 언제나 그렇듯 이메일부터 확인했다.

드륵- 드륵-

마우스의 휠을 이용해 밤새 새로운 소식이 없는가를 찾던 이민준은 순간 자신의 눈을 의심했다.

'나일, 나일 닷컴. 맞지?'

영문 제목으로 회신이 온 이메일은 다름 아닌 나일 닷컴에서 온 거였다.

심장박동이 빨라졌다.

저도 모르게 긴장을 한 것 같았다.

이민준은 크게 숨을 내뱉어 가슴을 진정시켰다.

'긴장하지 말자!'라고 생각했지만, 어찌 안 그러지 않을 수 있단 말인가?

'나일 닷컴'으로부터의 회신은 이민준이 요 며칠간 가장 간절하게 기다리고 있던 메일이었다.

'제발!'

달각-

이민준은 조심스럽게 마우스를 움직여 '나일 닷컴'이 보

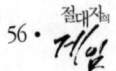

내 준 이메일을 클릭했다. 그러고는 빠르게 안에 담긴 내용을 훑어보았다.

"좋은 아침입니다."
"네. 좋은 아침이에요."
직원들이 속속 출근하며 사무실이 활기를 찾기 시작했다.
달칵-
대표실을 나선 이민준은 침착한 걸음으로 전산 개발팀을 찾았다.
"대표님? 오셨습니까?"
커피포트 앞에 서서 물을 끓이고 있던 노영인이 깜짝 놀랐다는 듯 눈을 크게 뜨며 물었다.
평소엔 이렇게 불쑥 찾아오는 대표가 아니니 말이다.
"제가 안 좋은 타이밍에 찾아온 건가요?"
"아닙니다. 아니요. 혹시나 무슨 문제가 있나 싶어서 놀란 겁니다."
국회법마서 쇠시우지하는 대빈의 행테 때문에 회사 전체가 긴장하고 있는 때라서 그럴 거다.
그렇기에 노영인의 반응을 충분히 이해할 수 있었다.
"그것과는 조금 다르긴 하지만, 놀랄 만한 소식이 있긴 합니다."
"그래요?"

노영인이 궁금하다는 듯 상체를 앞으로 쭉 내밀었다.

"우선 앉아서 이야기할까요?"

"아, 네. 알겠습니다. 참, 대표님 커피 한잔하시겠습니까?"

"그럼 혼자만 드시려고 했어요?"

"혼자 커피 마시는 게 취미거든요."

턱-

나쁜 일은 아니라니 일단 안심을 한 노영인이 둥근 회의용 탁자에 커피 잔을 놓아 주었다.

이민준은 노영인이 앉는 것을 확인하고는 말했다.

"나일 닷컴 잘 아시죠?"

"미국 최대의 온라인 쇼핑몰인 그 나일 닷컴이요?"

"맞습니다."

"알죠. 알다마다요. 한국에서야 별로 유명하지 않지만 미국에선, 후우! 엄청나죠. 제가 알기엔 전체 매출액이 100조 원을 넘은 걸로 알고 있는데요."

"제대로 알고 계시네요."

"거기가 왜요?"

"노 팀장님의 기술을 이용해서 투자를 좀 받아 볼까 싶은 생각으로 나일 닷컴 쪽에 제안서를 넣었었거든요."

"아! 대표님이 뭔가 반전을 노린다는, 그게 그거였나요?"

"그렇습니다."

"그런데요?"

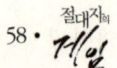

"오늘 아침에 답장이 왔습니다."

드륵-

이민준의 말에 노영인이 의자를 바짝 당기며 다가왔다. 그럴 만큼 기대감이 상당해졌다는 말이었다.

이민준은 살짝 미소 지으며 말했다.

"직접 나일 닷컴 본사에서 프레젠테이션을 받고 싶다고 하더군요."

"그쪽 경영 부서에서 그런 답장을 준 건가요? 아니면 기술 부서에서요?"

"둘 다 아닙니다."

이민준의 대답에 노영인이 고개를 갸웃했다.

그게 아니라면 대체…….

이민준은 잠시 뜸을 들인 후 입을 열었다.

"제드 메너스가요."

"제드 메너스요? 그 사람이라면 설마……. 나일 닷컴의 설립자인 제드 메너스가 직접요?"

"그렇습니다."

노영인이 입을 떡 하고 벌렸다.

믿을 수 없는 일이었다.

제드 메너스라면 쟁쟁한 나일 닷컴 안에서 가장 영향력이 있는 사람이었다.

당연히 그가 CEO이기도 하니까.

그런데 그런 사람이 직접 이민준을 만나 프레젠테이션을 듣기를 원한다는 메일을 보냈다는 거다.

"자세한 건 통화로 논의하기로 했습니다."

"그러니까 제드 메너스의 비서도 아니고, 그의 회사의 뭐 부사장이나 이사 같은 사람도 아니고요."

"네. 제드 메너스랑 통화해서 서로 일정을 잡기로 했습니다."

노영인은 마치 울 것 같은 표정을 지었는데, 분명 슬퍼서 그런 건 아닐 것이다.

"발표 초안은 제가 작성해서 드릴게요. 노 팀장님은 내용을 좀 보강해 주시면 될 것 같습니다."

"해야죠. 당연히 해야죠. 제 일인데요. 아니, 그것보단 회사 전체가 매달려도 꼭 해내야 하는 일이죠! 그런데 대표님."

"네?"

"혹시 미국 출장, 혼자 가실 건가요?"

"나일 닷컴 본사를 방문하고 싶으셔서 그런 거죠?"

"이것 참, 부끄럽습니다."

"왜 그러세요? 당연히 노 팀장님하고 같이 움직일 생각을 하고 있었습니다. 이전 회의 때 보니까 발표의 달인 다 되셨던데요?"

"하아! 그건 과찬이십니다. 어쨌든 저도 꼭 가고 싶습니다, 미국."

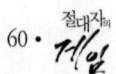

"날짜 잡히는 대로 말씀드릴게요. 좋은 기회니까 놓치지 말자고요."

"네, 당연하죠. 당연합니다."

드륵-

자리에서 일어날 때였다.

"이 대표님."

이민준을 따라 자리에서 일어난 노영인이 약간은 흥분된 표정으로 말했다.

"저를 살려 주시고, 또한 이런 좋은 기회를 주셔서 진심으로 감사합니다."

"에이! 왜 그러세요, 노 팀장님. 우리가 나일 닷컴의 시선을 끈 기술, 그거 노 팀장님이 만드신 거잖아요."

"원래대로 따지면 그 아이디어는 이 대표님 거죠. 아니, 이런 말이 중요한 건 아닙니다. 저는 단지 이 대표님 덕분에 세상을 다시 살 수 있어 진심으로 감사드린다는 말을 드리고 싶었던 겁니다."

"그렇게 생각하신다면 우리 더욱 노력해서 이번 기회 놓치지 말자고요."

"여부가 있겠습니까?"

이민준은 굳게 쥔 노영인의 손을 부드럽게 잡아 주고는 이내 대표실로 향했다.

❈ ❈ ❈

후우옥-

빛의 통로를 통해 절대자의 게임으로 들어왔다.

드르르륵-

마차는 여전히 황폐한 대지를 달리고 있었다.

"아이 깜짝이야!"

갑작스럽게 나타난 이민준을 보고 놀랐던지 크마시온이 과장된 행동을 보여 주었다.

"일부러 그러는 거지?"

"아, 아닙니다, 주인님. 제, 제가 그럴 리치로 보이십니까?"

"어."

"히, 히끅!"

"오버하지 말자, 크마시온."

"윽! 아, 알겠습니다, 주인님."

이민준은 아서베닝의 상태를 확인하기 위해 고개를 돌렸다.

"형, 오셨어요?"

그러자 아서베닝이 인사를 했다.

일행들 모두 현실을 다녀오기 위해 종종 사라졌다 다시 나타나는 이민준을 자연스럽게 받아들이고 있었다.

"몸은 좀 어때?"

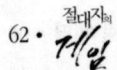

"여전히 불안감은 사라지지 않았지만, 몸은 괜찮아요."
"치료를 안 받아도 괜찮은 거야?"
"이건 에리네스의 스킬로도 치료가 되지 않는 거예요."
 이민준은 고개를 끄덕였다.

 녀석은 드래곤이다. 누구보다 자신의 몸에 대해서 잘 알고 있다는 소리다.

 물론 그런 부분 때문에 지금 아서베닝이 느끼고 있는 불안감이 좋지 않게 느껴지는 거였다.

 자신의 몸에 대해 잘 아는 드래곤이 뭐 때문에 아픈지를 모르고 있으니 말이다.

"흐음."

 고개를 돌린 이민준은 서서히 어둠이 내리기 시작한 들판을 바라보았다.

 소이엄은 먹구름에 가려진 하늘 때문에 낮조차 어둑어둑한 대륙이었다.

 그런 분위기 때문에 자꾸만 신경이 쓰이는 것 같았다.

 그때였다.

 후욱- 후욱-

 느닷없이 오른손이 불타오르는 것처럼 뜨거워졌다.

'뭔데? 뭐가 있는데?'

 순간 집중력을 끌어 올린 이민준은 자리에서 벌떡 일어났다.

제3장

위원회

언뜻 보기에는 그저 어둠에 잠기고 있는 길일 뿐이었다.
하지만,
후욱- 후욱-
뜨겁게 달아오르고 있는 주신의 상처는 분명 무언가를 전달하고 싶어 하는 것처럼 발악하고 있었다.
빠득-
이민준은 주먹을 강하게 쥐었다.
비단 주신의 상처가 아니라고 해도 자신의 모든 감각을 자극하고 있는 불길함 때문이었다.
"크마시온! 멈춰!"
"예, 예?"

"당장 멈추라고!"

"아, 알겠습니다."

끼릭- 끼기기기긱-

크마시온이 제동 장치를 잡아당기자, 마차가 관성을 이기지 못하고는 그만 길 위에서 길게 미끄러졌다.

콰당- 쿵-

"꺄악!"

"뭐야?"

"왜 이래!"

느닷없는 제동 때문에 객실에서는 난리가 났는지 일행들이 소리를 질러 댔다.

아마도 몇몇 사람은 벽이나 의자에 부딪히기까지 한 모양이었다.

그러나 지금은 그런 일에 신경을 쓸 때가 아니었다.

타닥-

이민준은 서둘러 마차에서 뛰어내렸다. 그러고는 소리쳤다.

"모두 마차 안에 그대로 있어요! 밖으로 나오지 말고!"

평소와는 다르게 날이 설 대로 선 날카로운 음성이었다.

이민준이 그럴 사람이 아니니까.

그 때문이었는지 누구 하나 불만을 토로하는 사람은 없었다.

차작-

이민준은 서둘러 검과 방패를 꺼내 들었다. 그러고는 불길한 기운이 느껴지는 전방을 노려보았다.

'뭐냐? 대체 뭐가 있는 거냐?'

그렇게 생각할 때였다.

치직- 치지지직-

상당히 멀리 떨어진 곳에서부터 투명한 무언가가 무서운 속도로 다가오는 것이 시야에 들어왔다.

작은 형태의 무언가가 아니다.

마치 해변에서 일어나는 거대한 해일을 바라보는 느낌.

저건 이 지역 전체를 뒤덮고도 남을 만큼 거대한 투명 장막처럼 보였다.

'이런!'

이민준은 본능적으로 저것의 안으로 들어가선 안 된다는 걸 느꼈다.

후욱- 후욱-

그리고 그렇게 느낀 건 주신의 상처도 마찬가지였던지, 오른손이 그 어느 때보다도 더 뜨겁게 타오르고 있었다.

"크마시온!"

"네! 주인님!"

"전속력을 다해 달아나!"

"하, 하지만 주인님?"

"시간이 없어! 당장! 이건 명령이다!"

다가오고 있는 기운의 속도를 보고 직감했다.

아무리 빨리 달아난다고 해도 저것이 다가오는 속도를 넘어서 달아날 수는 없다는 것을 말이다.

이민준이 결심한 이유였다.

일행들을 위해서라도 자신이 최대한 막아 내며 시간을 버는 수밖에.

"형!"

아서베닝도 놀랐다는 듯 소리를 쳤지만, 신경 쓰지 않았다.

후으윽-

이민준은 있는 힘껏 절대자의 자격을 불러일으켰다. 그러고는 손을 마차의 정면에 대며 말했다.

"무슨 일이 있어도 너희가 일행들을 보호해야 해!"

말을 마침과 동시에,

터억-

주신의 기운이 담긴 오른손으로 마차의 가장 단단한 아랫부분을 쳤다.

그러자,

쉬웅-

"주, 주인님!"

"혀엉!"

마차는 반대편으로 밀리며 빠른 속도로 사라져 갔다.

크마시온과 아서베닝이 있으니까.

마차가 전복되거나 사고가 날 위험 따윈 없을 거다.

잠시 주춤하는 사이였다.

콰우욱-

순식간에 밀려든 쓰나미처럼 커다란 기운이 섬뜩하게 뒤쪽에서 느껴졌다.

'어딜 감히!'

이민준은 자신이 가진 모든 기운을 한곳으로 집중했다.

블랙 스톰.

이민준의 신급 장비인 방패였다.

"크학!"

이민준은 자신을 덮치려는 기운을 향해 블랙 스톰을 내밀었다.

콰지지지직-

그러자 깨끗한 유리에 수천 갈래의 금이 나타나는 것처럼 투명 기운에서 전기가 번쩍였다.

절대자의 자격과 거대한 기운의 충돌!

콰우우웅-

하늘까지 솟은 투명 장막이 파도처럼 울렁였고,

콰스스스-

그 힘에 밀린 이민준의 발이 단단한 바닥을 파고들었다.

"끄아아악!"

이민준은 온몸으로 스며드는 강렬한 통증에 정신이 혼미해짐을 느꼈다.

이렇게나 막강한 힘이 존재한다고?

대체 어떻게?

믿을 수 없는 일이었다.

하지만 어쩌랴?

그런 힘을 당장 마주하고 있지 않은가?

"크흐윽!"

이민준은 다리에 최대한 힘을 주었다.

밀릴 수는 없었다.

후욱- 후욱-

주신의 상처는 계속해서 발악하고 있었고,

(이번엔 또 뭐냐?)

(우리 몸을 찾아 주기 전에 죽기라도 하겠다는 거냐?)

사태의 심각성을 깨달은 미친 일곱 왕들도 난리를 치고 있었다.

그뿐일까?

콰우우- 콰우우-

몸속에 잠들어 있던 마신 멜탄스의 기운조차 불안감을 느꼈던지 자신의 영역에서 안절부절못하고 있었다.

'이것들이 진짜?'

쫘득- 쫘득-

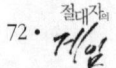

알지 못할 기운에 의해 계속해서 밀리는 와중에도 자신들만 살겠다는 여러 기운의 발악에 살짝 마음이 상했지만, 지금 당장은 그런 거에 대응할 시간이 없었다.

"크흐윽!"

이민준은 자신이 할 수 있는 최선을 끌어 올리며 막강한 기운에 맞서 나갔다.

하지만,

콰르르르륵-

넓게 퍼져 있던 투명 기운이 힘을 모으듯 점점 한곳으로 모이며, 그 기세를 더욱 불려 나갔다.

'대체 이게 뭐야?'

두근두근-

어찌나 막강한 기운이었던지 심장이 울렁이고, 식은땀이 날 정도였다.

그럴 만큼 투명 기운이 내뿜고 있는 위세가 대단했으니까.

콰드득- 콰드득-

또한 그러는 와중에도 투명 기운은 이민준과의 대치를 전혀 풀 생각이 없어 보였다.

"뭐야! 뭔데? 나랑 힘겨루기라도 하겠다는 거냐?"

그렇게 소리를 쳤을 때였다.

화우웅-

어느새 건물 크기로 뭉쳐진 기운이 이민준을 삼키기라도

하겠다는 듯 둥근 입을 열어 빠르게 쏟아져 내렸다.

'이게 어디서?'

이민준은 자신이 가진 모든 힘을 전신으로 퍼트리며 녀석의 공격에 대비했다.

그러는 사이,

화우욱-

투명한 기운이 이민준의 주변을 통째로 삼켜 버렸다.

'무, 무슨?'

얕은 물속이라도 들어온 것처럼 바깥세상이 일렁여 보였다.

매우 짧은 순간이었다.

화그그극-

멈칫하는 사이, 온 세상이 암흑으로 뒤덮이고 말았다.

알지 못할 기운이 자신을 해하려 했다면 그건 분명하게 느낄 수 있었을 터였다.

절대자의 자격으로 전신을 보호하고 있었으니까.

그러나 그런 시도는 일어나지 않았다. 그저 자신의 주변을 강한 에너지로 뒤덮고 있을 뿐.

'나를 직접 공격하진 않는다는 소리군.'

이민준은 고개를 흔들었다.

누군지 모를 공격자가 조심스러운 모습을 보이고 있는

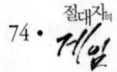

건지도 몰랐다.

 그렇게 생각을 하는 순간,

 터엉-

 놀랍게도 바닥에서 빛이 솟으며 주변이 밝아졌다.

 이민준은 방어 자세를 유지한 채로 주변을 둘러보았다.

 오직 땅에서 빛이 솟아오르는 부분만이 시야에 들어왔다.

 그리고 그 외의 바깥쪽은 모두 암흑 세상일 뿐.

 '뭐야? 별 모양이잖아?'

 대략 농구장 두 개 정도의 크기에 다다르는 지면에서 빛이 올라왔는데, 그 모양이 별 모양과 같았다.

 '오망성?'

 빛이 나고 있는 주변은 위에서 보지 않아도 오각형의 별 모양임을 충분히 인지할 수 있었다.

 그리고 자신은 분명 오망성의 중간에 서 있었다.

 '대체 뭐하자는 거지?'

 그런 생각으로 빠르게 주변을 훑어볼 때였다.

 터덩-

 오망성의 한쪽에서 일렁임이 일어나는가 싶더니, 이내 무언가가 모습을 드러냈다.

 '사람, 사람이야?'

 말을 하지 않아도 나타난 존재가 무언지를 알 수 있었다.

 짙은 색의 로브를 입은 형태만 봐도 짐작할 수 있으니 말이다.

그뿐일까?

후욱- 후욱-

이민준은 상대로부터 느껴지는 기운이 무엇인지도 알 수 있었다.

전에도 같은 느낌을 받았던 적이 있었다.

'의원이라는 작자로군.'

아니나 다를까?

"이렇게 만나게 돼 반갑군, 한니발. 자네도 예상했겠지만 나는 위원회의 의원인 갈르시온이라네."

강하게 느껴지는 마신 다이케로스의 기운.

하지만 이곳 공간을 채우고 있는 기운이 비단 그것 하나만은 아니었다.

그렇기에 처음부터 파도처럼 밀려온 이 기운의 정체를 판가름하지 못했던 거였다.

이민준은 방어 자세를 더욱 공고히 하며 갈르시온이라는 작자를 노려봤다.

그래. 의원이라는 직함을 가진 존재라면 전에도 한 번 만난 적이 있었으니까.

"오호! 화가 많이 났나 보군그래. 뭐, 어쩔 수 없지. 이런 방법이 아니고서야 자네와 편하게 이야기하기가 쉽지는 않으니 말이야."

"그쪽도 똑같은 이야기를 하려고 그러는 거야? 나를 이용한다는 둥, 애꿎은 사람들의 목숨을 이용하자는 둥 말이야."

"후후후! 그래그래. 자네가 가지고 있는 선에 대한 입장과 마음가짐, 내가 누구보다 잘 알지. 내가 자네를 보러 온 건 그런 단순한 이유 때문이 아니야."

"그렇다면 뭐지?"

"난 내 것을 받으러 왔다네."

"무슨 말도 안 되는 헛소리야?"

"후후후! 항상 그래. 누군가에게 득을 본 사람들은 결국 자기들이 잘나서 그 위치까지 올라갔다고 믿거든."

어림도 없는 소리!

이자는 분명 그전에 만난 의원이라는 작자처럼 자신이 성장할 수 있도록 도왔다는 말을 하고 싶은 걸 거다.

"그런 말은 이전에도 들었어. 그리고 난 당신들의 뜻에 동의하지 않아. 그러니 헛소리는 집어치우지."

이민준의 말에 갈르시온이 재밌다는 듯 웃었다.

제집을 걷듯 거리낌 없이 움직이는 갈르시온에게 뿜어져 나오는 건 분명 여유였다.

'망할 자식! 완전하게 승기를 잡았다고 생각하는 거냐?'

이민준은 조심스럽게 주변의 기운을 판가름해 보았다.

콰우우웅─

하기야.

이곳 전체를 둘러싸고 있는 거대한 기운으로 미루어 보아 갈르시온이라는 의원이 가진 힘은 만만치가 않을 것 같았다.

하지만 뭐? 그런다고 겁먹을 거 같아?

"하려던 게 있다면 어서 하시지. 결국 싸워서 나를 굴복시키겠다는 거 아닌가?"

이민준은 자신의 몸을 휘감고 있는 절대자의 자격을 천천히 이동시켰다.

블랙 스노우와 블랙 스톰에 집중하는 거다.

하지만,

"워! 워! 그렇게 서두를 필요 없어. 그런다고 뭐가 달라지는 건 아니잖아."

"뭐?"

"다 알아. 자네는 지금 예전에 만난 오도스 의원처럼 나도 별거 아닌 의원 중 하나라고 생각하는 거지? 물론 가능한 생각이야. 하지만 한니발, 그건 아니라네."

이민준은 날카로운 눈으로 갈르시온의 얼굴을 훑었다.

진정한 힘을 가진 자만이 보여 줄 수 있는 당당한 얼굴.

설마?

"당신이 의원들의 우두머리라도 되나?"

"우두머리? 후후! 뭐 좀 저속한 표현이긴 한데, 자네가 편하다면 그렇게 생각하게나."

빠득-

이민준은 블랙 스노우를 더욱 강하게 움켜쥐었다.

저자다.

수없이 많은 사람의 목숨을 이용해서 개인적인 이득을 취하려 했던 단체의 수장.

그런 자가 알아서 눈앞에 나타나다니.

이민준은 조금씩 움직이며 갈르시온의 약점을 찾으려 했다.

하지만,

"이거 봐, 한니발. 내가 자네에게 공격 기회나 주자고 이렇게 말을 거는 게 아니야."

갈르시온 또한 이민준의 의도를 완벽하게 파악하고 있었다.

'보통내기가 아니다.'

이민준은 이전과는 다른 상당한 긴장감을 느꼈다.

"그럼 뭐지? 나하고 말장난이라도 하고 싶다는 거야? 아니면 나를 설득이라도 시키겠다는 건가?"

"이것 참, 나는 정치인도 아니고 외판원도 아니야. 나는 위원회의 의원이라고. 고작 입으로 떠들어 대는 그런 존재가 아니란 말이지."

스윽-

갈르시온의 몸이 흔들리는가 싶더니 거짓말처럼 뒤쪽으

로 물러섰다. 거리가 벌어진 거다.

"한니발, 내가 자네와 이렇게 이야기를 하는 건 지금을 위해서가 아니야."

스윽-

갈르시온과의 거리가 다시금 벌어졌다.

그는 처음 나타났던 오망성의 끝 쪽을 향해 움직이고 있는 거였다.

"내가 말하는 것들을 기억하게, 한니발. 자네는 이곳에서 목숨을 잃게 될 걸세."

"그게 무슨 소리야?"

"어차피 나중을 위해서야. 자네도 우리처럼 절박해져야지. 그래야 정의니 선이니, 그런 헛소리를 하지 않을 거 아닌가? 응? 안 그래?"

이 자식이 진짜?

녀석의 헛소리를 참아 줄 만큼 참은 거다.

후우욱-

이민준은 자신의 모든 힘을 한곳으로 집중했다. 그러고는 앞으로 뛰어나가려 했다.

하지만,

콰지직-

"크헉!"

발아래 쪽에서 강렬한 통증이 올라왔다.

'이게 무슨?'

이해할 수가 없는 일이었다. 처음부터 자신을 억제하고 있는 건 아무것도 없었는데 말이다.

"한니발, 자네는 우리의 힘을 너무 과소평가하고 있군그래. 자네의 첫 번째 목숨이 사라지고 두 번째 목숨마저 경각에 달했을 때, 지금 나와 나눈 대화가 떠오를 거야. 내가 자네에게 기회를 주려 했다는 걸 말일세."

"이, 이 망할 자식!"

"후후후! 분노는 좋은 거야. 모든 일의 원동력이 되어 주거든."

갈르시온이 말을 마친 순간이었다.

콰아아아-

순간 오망성의 모든 부분에서 강력한 힘이 일어나 이민준을 향해 쏟아져 들어왔다.

후우욱-

이민준은 직감적으로 절대자의 기운과 미친 일곱 왕의 기운, 그리고 멜탄스의 기운마저 불러일으키며 방어를 하려 했다.

그러나,

파지지지직-

"허억!"

다섯 군데서 쏟아진 기운이 어찌나 맹렬했던지, 자신이

가진 기운 중 무엇 하나 제대로 작동되는 것이 없었다.

'이, 이게, 크윽! 이럴 수가!'

이민준은 끔찍한 고통과 함께 시야가 서서히 흐려지고 있음을 깨달았다.

※ ※ ※

콰웅- 다르르륵-

앨리스는 마차가 강하게 밀림과 함께 온몸이 출렁임을 느꼈다.

'무슨?'

그와 동시에 가슴이 철렁하고 내려앉았다.

조금 전 급하게 소리를 질렀던 한니발의 말을 이해할 수 있었기 때문이다.

뭔가 큰일이 벌어지려는 게 분명했다.

더군다나 바깥쪽에서 느껴지는 에너지는 직접 보지 않아도 두려움을 불러일으킬 만큼 거대한 거였으니까.

그런데 그걸 한니발이 혼자서 처리하려 한다고?

아무리 한니발이라고 해도 그렇게 해서는 안 될 것만 같았다.

"한니발!"

앨리스는 저도 모르게 소리를 지르고 말았다. 불길한 생각이 머릿속과 마음속을 스쳐 지나갔기 때문이다.

"크마시온! 마차를! 마차를 세워요!"

"네! 네! 저도 그러려고 하고 있습니다."

"무, 무슨 일인데요, 언니?"

앨리스의 옆자리에 앉아 있던 루나가 겁을 먹은 눈으로 부들부들 떨고 있었다.

"한니발 님께서 폭풍 속으로 뛰어 들어가신 듯싶구나."

뜻밖에도 대답은 카소돈이 해 주었다.

주신의 사제인 카소돈 또한 그 짧은 시간 안에 모든 상황을 파악한 듯싶었다.

앨리스는 자리에서 벌떡 일어났다. 마차가 휘청이고 있었지만 그런 건 신경도 쓰이지 않았다.

"어, 언니!"

루나가 소리를 질렀지만, 앨리스는 아랑곳하지 않고는 바로 마차의 창문을 통해 지붕으로 올라섰다.

달그르르륵-

마차는 서서히 속도를 줄여 가는 중이었다.

아서베닝은 마법을 이용해 마차가 전복되지 않도록 유지 중이었고, 크마시온은 마차를 세우기 위해 열심히 제동 장치를 움직이고 있었다.

하지만 마차는 여전히 달리는 중이었다.

'한니발이 주신의 힘을 사용한 거구나.'

그렇지 않고서야 대단한 마나의 힘을 가진 아서베닝과 크마시온의 마법을 이겨 낸 채로 마차가 계속 달릴 수는 없을 테니 말이다.

"베닝 씨! 제가 도울 게 있나요?"

"없어. 크윽! 마차의 중심은 내가 잡을 테니 당신은 상관하지 마."

아서베닝이 아픈 가슴을 부여잡은 채로 던진 말이었다.

"크마시온은요?"

"거의, 거의 다 되었습니다!"

((흐어어! 서둘러라! 크마시온!))

"으아아! 이제 막 책상에 앉았는데 엄마가 갑자기 공부하라고 하면 더 하기 싫어진다고오오!"

대뜸 뜬금없는 말을 집어 던진 크마시온이 크게 소리를 지르며 마법과 함께 제동 장치를 잡아당겼다.

쿠궁- 끼기기기긱-

그제야 제동 장치가 작동되며 마차가 섰다. 멀리 보이는 투명 장막과는 한참의 거리가 떨어진 후였다.

"아아."

비록 거리가 꽤 떨어져 있었지만, 앨리스는 투명한 무언가가 한니발을 집어삼키는 모습을 볼 수 있었다.

"꺄악!"

어찌나 놀랐던지 그녀는 그만 비명을 지르고 말았다.

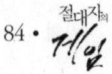

"주, 주인님!"

"이런!"

((흐어어!))

그리고 그건 마차 위에 서 있는 아서베닝, 킹 섀도우 나이트, 그리고 크마시온도 마찬가지였다.

"서둘러! 크윽! 최대한 빨리 저쪽으로 가야 해!"

"아, 알겠습니다, 베닝 님."

급하게 마법을 불러일으켜 마차를 점검한 크마시온이 이상 없음을 확인하고는, 이내 마나를 사용해 마차를 움직였다.

"이, 이게 대체?"

앨리스는 눈앞에 있는 거대한 돔을 바라보았다.

이 정도라면 황성에 있는 결투장과도 맞먹을 수준의 크기였다.

그렇게나 큰 돔이 온통 시커먼 에너지로 뒤덮여 있는 거였다.

"한니발 님이 이 안으로 빨려 들어가신 거군요."

불안한 기운으로 잔뜩 뭉친 돔의 겉면을 눈으로 훑은 카소돈이 근심 가득한 얼굴로 한숨을 내뱉었다.

"뭐죠? 소이엄에서 나타나는 몬스터인가요?"

호기심이 동한 루나가 막 손을 뻗으려 할 때였다.

"루나! 안 돼!"

위원회 • 85

아서베닝이 강하게 소리를 치는 순간이었다.

파지직-

물결치듯 일렁이던 돔의 겉면에서 갑작스레 여러 갈래의 줄기가 뻗어 나왔다.

"꺅!"

어찌나 놀랐던지 루나는 피할 생각도 하지 못하고는 그 자리에서 굳어 버렸다.

콰드득-

거미줄 같은 마기가 루나를 덮치려는 찰나!

"방어막!"

쏜살처럼 달려든 아서베닝이 루나를 품에 안으며 마법을 시전했다.

콰지지직-

드래곤이 만든 방어막이다.

투명한 방어막에 부딪힌 시커먼 줄기가 번쩍이더니 이내 가루로 변해 버렸다.

그와 동시에,

촤아악-

아서베닝이 안정된 자세로 착지했다. 루나는 여전히 아서베닝의 품에 안긴 상태였다.

"베, 베닝?"

꼬맹이는 마치 울음을 터트릴 것처럼 울먹이는 표정이

었다.

 모두가 숨을 죽였다.

 아서베닝이 화를 내도 전혀 이상할 게 없는 상황이었기 때문이다.

 하지만 인상을 찡그린 아서베닝은 화를 내는 대신 루나를 바닥에 내려 주면서 말했다.

 "함부로, 크윽! 손을 대면 큰일 난단 말이야."

 무뚝뚝한 말투였지만 전혀 화를 내는 어투는 아니었다.

 아서베닝은 몸이 불편한 와중에도 일행들을 살뜰하게 챙기는 모습이었다.

 한니발이 자신과 크마시온에게 일행들의 안전을 책임져 달라고 했으니까.

 형의 부탁이라면 무슨 일이 있어도 지켜 내야 한다고 아서베닝은 생각하고 있었다.

 "그래, 루나야. 함부로 손을 대면 안 될 것 같구나. 이건……. 정말 이상한 기운이야."

 카소돈 또한 아서베닝의 의견에 동의한다는 듯 루나의 등을 토닥여 주었다.

 "아, 네. 응. 죄송해요, 카소돈 할아버지. 정말 조심할게, 베닝."

 갑작스러운 사태에 놀란 루나가 정말 미안하다는 표정으로 고개를 푹 숙였다.

"아무튼, 집중 좀 하자."

아서베닝이 아무렇지도 않다는 듯 앨리스가 있는 쪽으로 향했다.

달그락- 달그락-

조용히 눈치를 보던 크마시온이 그제야 루나에게 다가와 어깨를 늘어뜨린 그녀를 위로해 주었다.

다행히도 별일은 일어나지 않았으니까.

앨리스는 시커먼 돔과 어둠이 내려앉은 들판을 번갈아 가며 쳐다보았다.

'이건 소이엄 대륙의 것이 아니야.'

지금까지 어디서도 느껴 보지 못한 거대함과 불길함으로 똘똘 뭉친 돔이었지만, 이상하게도 앨리스는 이것의 존재가 낯설지만은 않았다.

'뭐지? 어디에서였지?'

그렇게 생각하는 순간 누군가의 얼굴이 번뜩하며 떠올랐다.

길버트!

자신의 목숨을 노렸던 제국의 기사.

언젠가 그자의 기운에서 불순함을 알아챘었는데, 그때의 느낌이 지금 눈앞에 있는 돔에서 뿜어져 나오는 불순함과 닮아 있었다.

그렇다는 건?

'가르디움 대륙에 있던 자들이 한니발을 노리고 여기까지 왔단 말인가? 그렇다면 이건 함정?'

그렇게 생각하니 정말 좋지 않은 상황이었다.

더군다나 한니발이 저 안에서 어떤 고초를 겪고 있을지 모르니, 마음이 다급해지는 것 또한 어쩔 수 없는 일이었다.

"베닝 씨, 혹시 이것에 대해서 아는 게 있어요?"

"마기와 함께 여러 가지 에너지가 섞인 에너지 장이야. 흐윽! 안타깝게도 그 성분을 모두 알긴 어렵지만, 그래도 어떤 역할을 하는지는 알고 있지."

앨리스는 고개를 끄덕였다. 역시 드래곤이라는 생각 때문이었다.

"이걸 공격하면 한니발이 위험할까요?"

"적어도 이 에너지 장은 외부를 방어하고, 안쪽에서 발생하는 에너지를 가두는 역할을 할 뿐이야. 후우! 이 에너지 장이 한니발 형과 연결되어 있다고 보긴 힘들어."

"외벽에 공격을 가해도 한니발은 안전하다는 말이죠?"

"크윽! 이론직으론 그래."

"그렇다면 우리가 이걸 공격해서 틈을 벌리면 안으로 들어갈 수 있지 않을까요?"

"내가 지금 가진 힘으론 역부족이야. 쿨럭! 우리 일행들의 힘을 합친다고 해도… 후우! 이 정도 에너지라면 호수에 돌 하나 던지는 수준일 거고."

누구보다 강력한 에너지에 대해서 잘 알고 있는 드래곤의 말이었다.

안타까움에 한숨이 새어 나왔다.

하지만 그렇다고 해서 손을 놓고 있을 수는 없지 않은가?

앨리스는 모두를 돌아보며 말했다.

"한니발이 저 안에 있다면 저 또한 저 안으로 들어가겠어요. 그리고 그건 분명 목숨을 걸어야 하는 일이고요. 그러니 다른 분들은 모두 물러나 주세요."

앨리스가 말을 했지만, 누구 하나 자리를 떠나려는 사람은 없었다.

((흐어어! 방법이 있겠습니까?))

"뭔가 떠오르는 게 있으세요?"

아니. 오히려 일행들은 그녀를 따라 돔으로 들어가고 싶어 하는 얼굴들이었다.

왜 아니겠는가?

일행 모두에게는, 물론 이곳 세계에 존재하는 모든 인류에게 한니발은 중요한 인물이지 않은가?

"베닝 씨, 소이엄의 몬스터들은 어떤가요? 그들이 가진 힘은 강력한가요?"

"이곳이 괜히 죽음의 대륙이겠어? 드래곤들이 레벨 업을 하는 곳이야. 크윽! 그런 곳에 사는 몬스터들이라면 지금 나라도 자신이 없다고."

아서베닝이 자존심을 꺾으며 저렇게 말할 정도라면 그건 믿을 만한 거였다.

앨리스가 고개를 돌리며 말했다.

"킹 섀나, 예전에 그대가 다른 대륙에서 했었듯 이곳에서도 몹 몰이가 가능하겠어요?"

((몬스터들을 몰아서 와 달라는 말입니까?))

"그래요."

"설마?"

앨리스의 말을 들은 아서베닝이 놀란 눈으로 물은 거였다.

"그래요. 우리의 힘이 부족하다면 더욱 강력한 몬스터들로 돔을 자극하는 거예요. 조금 전에 보니 돔이 외부의 움직임에 반응하더군요. 그게 루나가 아니라 막강한 에너지를 가진 몬스터라면?"

"나쁘진 않겠는데?"

딱히 대단히 좋은 방법이라고 말하기는 뭐했지만, 그렇다고 해도 지금 입장에선 분명 시도해 볼 만한 방법이긴 했다.

"그래. 쓸데없이 시간을 끄는 것보단 뭐라도 시도하는 게 낫겠지."

아서베닝이 고개를 끄덕였다.

리더의 기질을 가진 앨리스답게 카리스마 넘치는 얼굴로 변한 그녀가 명령을 내렸다.

"킹 섀나, 여기예요. 바로 이 지점으로 몬스터들을 몰고

와서 녀석들이 돔과 충돌하게 해 줘요."

((문제없습니다! 제가 몬스터들을 몰고 오겠습니다.))

후그르륵-

말을 마친 킹 섀도우 나이트가 검은 구름으로 변하며 어둠 속으로 사라졌다.

"언니, 우리는 어떻게 해요?"

루나의 물음에 앨리스가 미소 띤 얼굴로 대답했다.

"우린 근처에 숨어야지. 그다음은 경과를 지켜보자. 그러다 돔에 구멍이라도 뚫리는 순간! 빠르게 움직여야지."

앨리스의 말에 루나가 고개를 끄덕였다.

그러고는 일행들과 함께 안전한 장소로 피신했다.

※ ※ ※

콰우우웅-

이민준은 끔찍한 기분과 함께 눈을 떴다.

후웅- 후웅-

비상사태라도 발생한 것처럼 눈앞이 붉은색으로 깜빡이고 있었다.

[카라 : 경고! 경고! 경고! 생명력이 10퍼센트 이하로 떨어졌습니다. 죽음에 대비하세요.]

역시!

적들의 공격 때문이었던지 그 많던 생명력이 바닥까지 빠지고 만 것이다.

"크윽! 크으윽!"

이민준은 고통을 참으며 주변을 둘러보았다.

콰지지직- 콰으으웅-

오각형 별 모양의 다섯 끝자락에서 뿜어져 나오는 기운이 자신을 중심으로 길게 이어져 있었다.

'이건 무슨 정육점의 고기가 되어 버린 기분이네.'

감각이 서서히 돌아오자 자신이 만세를 부르듯 공중을 향해 양팔을 뻗고 있음을 알 수 있었다.

그리고 다리 쪽은?

바닥은 저 아래 쪽으로 보이고 있었다.

그렇다는 건 적들에 의해 공중에 떠 있다는 말이 되는 거다.

"끄으윽."

어떻게든 몸 안에 있는 힘을 끌어내어 보려고 힘을 주어 보았다.

하지만,

콰지지직-

"끄아악!"

강력한 전기가 온몸을 통과하는 듯 끔찍한 통증이 머리에서부터 발끝까지 퍼져 나갔다.

"허억! 허억!"

대체 어떻게 된 걸까?

이민준은 고통스러운 와중에도 몸속에 있는 여러 기운을 느껴 보려 했다.

그러자,

쿵쿵쿵-

드드드드-

"크흑!"

몸 안쪽이 진탕 난 것처럼 여러 기운이 제 맘대로 날뛰고 있었다.

'이건, 이건! 끄윽!'

그래. 이건 분명 의원이라는 작자가 알지 못할 기운을 이용해 자신의 몸속 기운을 마구 휘젓고 있는 거리라.

대체 어떻게 그런 게 가능한 거지?

그렇게 생각할 때였다.

(이제야 상황 파악이 되기 시작했나, 한니발?)

정신을 잃기 전 대화를 나누었던 갈르시온의 목소리였다.

이민준은 정면을 노려보며 물었다.

물론 소리를 낼 필요는 없었다.

'지금 나한테 무슨 짓을 벌이고 있는 거지?'

(말했잖아, 한니발. 우리는 네 목숨을 없앨 거라고.)

'이 망할 자식!'

(후후후! 지금 와서 화를 내 봐야 소용없어. 그러게, 처음

부터 우리의 제안을 받아들였어야지. 아니, 받아들이는 흉내라도 냈었어야지. 대체 뭐가 잘났다고 그렇게 뻣뻣하게 굴었단 말인가?)

갈르시온의 말은 완벽한 도발이었다.

완벽한 우위를 점한 자만이 보일 수 있는 건방진 태도.

이민준은 속이 뒤집히는 기분이었다.

"크, 크흑!"

주먹이라도 강하게 쥐어 보려고 했다.

하지만 자신의 신체 어느 것 하나 마음대로 움직일 수 있는 게 없었다.

(발악해 봐야 그대만 괴로울 뿐이야. 순리에 따르라고.)

그리고 그런 상황을 아주 잘 안다는 듯 갈르시온이 계속해서 도발을 멈추지 않았다.

그때였다.

콰지지직-

지금까지와는 전혀 다른 강력한 통증이 전신을 관통했다.

"크아아악!"

이민준은 끔찍한 고통에 아득한 기분이었다.

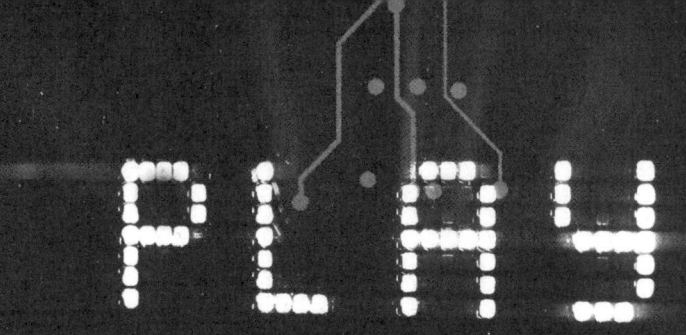

제4장

또 다른 각성

생명력이 얼마 남지 않은 상황이었다.

시야는 온통 붉은빛이었고, 생명력은 위협을 하는 것처럼 번쩍이고 있었다.

이민준은 속이 바짝 타오름을 느꼈다.

여기서 정신을 잃었다간 그동안 잊고 있었던 현실적인 죽음에 직면하게 되는 거다.

소중하게 생각해 왔던 그 모든 것들.

삶이 일순간에 사라지는 순간이 코앞까지 다가오고 있었다.

쫘지지직-

"끄아악!"

설마 이렇게 끝이라고?

아니, 그렇게는 안 된다!

"허억! 허억!"

이민준은 집중력을 끌어내기 위해 전신을 지배하고 있는 고통을 그대로 받아들였다.

어떻게든 정신을 유지하기 위해서였다.

하지만,

콰지직- 콰으으윽-

머릿속을 하얗게 태워 버릴 것만 같은 잔인한 고통이 그런 이민준의 의지를 허락하지 않겠다는 것처럼 맹렬하게 날뛰었다.

"커헉! 크흑!"

고통이 가중되자 생각은 고사하고 호흡을 유지하기조차 어려워졌다.

"크허억! 끄으윽!"

억지로 공기를 빨아들이고 있었지만 숨을 쉬고 있다는 기분이 전혀 들지 않았다.

온몸을 장악한 고통.

점점 부족해져만 가는 산소.

이젠 정말 죽음이란 생각이 들자 섬뜩한 소름이 전신으로 뻗어 나갔다.

츠츠츠-

눈앞이 거멓게 변하는 순간이었다.

콰슥-

머릿속에 담긴 모든 영상이 빠르게 눈앞을 스쳐 지나갔다.

사랑하는 가족과 주변 사람들.

게임 속 일행들과 절대자의 게임 속을 살아가는 존재들.

그들이 떠오르자 달콤한 목소리가 들렸다.

미련을 가져 봐야 고통스러울 뿐이야.

그만 포기하는 게 어때?

모든 걸 내려놓으면 편안해질 수 있어.

지치고 힘든 여정을 포기하라는 것처럼 고통, 그리고 죽음이 속삭였다.

포기하면 모든 게 편하잖아?

왜 안 그럴까?

그래. 그러고 싶어.

지금까지 너무 힘들게만 살아왔잖아.

누군들 고통을 즐겁게 받아들이고 싶은 줄 알아?

하지만 모든 걸 포기하고 싶은 생각이 들 때마다 가깝게 지냈던 이들의 얼굴이 시야에서 번쩍였다.

어머니.

앨리스.

동생들.

크마시온과 아서베닝.

킹 섀도우 나이트와 카소돈, 그리고 에리네스까지.
'안 돼!'
순간 전신에 찬물을 끼얹은 듯 정신이 번쩍 들었다.
'나는, 나는 그들을 포기할 수 없어.'
번뜩 그런 생각이 들자,
화으윽-
온몸이 불타오르는 것처럼 화끈거렸다.
"커허억!"
이민준의 모든 걸 게걸스럽게 먹어 치우고 있던 기운이 갑작스러운 저항에 부딪히자 놀랐다는 듯 뜨겁게 반응하는 거리라.
"이렇게, 허억! 이렇게는, 끄으윽! 안 된단 말이야! 크하악!"
이민준은 다시금 몸속에 잠재된 모든 기운을 자극했다.
콰르륵-
그그그그-
절대자의 자격.
미친 일곱 왕의 기운.
그리고 마신 멜탄스의 심장까지.
갈르시온이 어떻게 이것들을 억제하는 방법을 알았는지는 모르지만, 아무리 그래도 이렇게 무력하게는 안 되지!
"크하악!"
온몸이 찢어져도 상관이 없었다.

몸속이 엉망이라고 해도 신경 쓰지 않을 거다.

사랑하는 이들을 이렇게 포기하지는 않을 거니까!

그들에게 돌아갈 수만 있다면 그 어떤 고통이라도, 그 어떤 고난이라도 잘근잘근 씹어 삼켜 주리라!

그렇게 생각하자,

까가각- 까가가각-

쫘드드드등-

적들에 의해 제압되었던 몸속 기운들이 날카로운 칼날처럼 몸 안에서 발악해 댔다.

지키는 걸 포기한 기운들이다.

이민준이 가지고 있던 기운들이 철창을 부순 맹수처럼 닥치는 대로 그의 내면을 갈기갈기 찢기 시작했다.

"커허억! 크허억!"

상상조차 하지 못했던 고통이었다.

"크ㅎㅎ윽!"

그럼에도 불구하고 오히려 정신이 맑아지고 있었다.

"크흐윽! 끄윽! 그래. 그렇게 날뛰어! 카흑! 더욱, 더욱 날뛰어 너희를 묶고 있는 제약을, 크윽! 벗어나란 말이야!"

쫘드드드등- 쫘드드드등-

이민준의 호응에 몸속 기운들이 그의 몸을 찢어발기기라도 하겠다는 것처럼 거칠게 날뛰었다.

이건 외부에서 영향을 주고 있는 적들의 기운보다 더욱

사나운 몸부림이었다.

(미, 미친놈! 대체 뭐하는 거야?)

그런 이민준의 반응에 놀랐던지 갈르시온이 당황한 듯한 말투로 소리 질렀다.

'나는, 나는 고통 따위에 흔들릴 사람이 아니다. 너는 사람을 잘못 본 거야.'

콰르르륵-

시야에 보이는 생명력은 고작해야 2퍼센트.

좀비의 근성이 사라진 지금 언제 죽어도 이상할 게 없는 상황이었다.

하지만 이민준은 포기하고 싶지 않았다.

그리고 그런 의지가 반영된 것처럼,

콰아아아-

이민준의 몸속에서 거대한 폭풍이 일어나고 있었다.

(마, 말도 안 돼! 이건, 이런 건 예상에 없었어.)

(거짓말! 우리를 거스를 수는 없다!)

(갈르시온! 이게, 우리의 전략이 틀렸단 말이오?)

상황이 이렇게까지 번지자 그동안 입을 닫고 있던 여러 존재가 마구 소리를 지르기 시작했다.

'의원이 네놈 하나만은 아니었구나.'

이민준은 그제야 이 공간 안에 있는 의원이 총 5명임을 알아챘다.

하지만 지금 당장 그런 건 중요한 게 아니니까.

화우우욱-

"카아악!"

이민준은 몸속 기운에 더욱 집중했다.

미쳐 날뛰던 기운들이다.

어찌나 강력하게 날뛰었던지 의원이란 자들의 결계를 모두 끊어 버리고 말 정도로!

절대자의 자격과 미친 일곱 왕의 기운, 그리고 멜탄스의 심장이 엉망이 된 것처럼 한데 얽혔다.

실타래가 잔뜩 뭉친 것처럼 혼탁하고, 혼란스러운 형상이었다.

모든 것이 혼돈 속에 빠지려던 그때!

'나는, 나는 이민준이다!'

후아아아악-

제대로 정신을 차린 이민준의 몸속에서 폭풍이 힘을 더해 가며 절대자의 자격을 중심으로 뭉치기 시작했다.

화그으으윽-

무서운 힘이었다.

흡사 우주의 거대한 항성들이 일시에 부딪히며 강력한 에너지를 뿜어 대듯,

콰아아아-

이민준의 몸에서 강력한 에너지가 퍼져 나갔다.

또 다른 각성 • 105

(안 돼! 막아!)

(우리 세상에선 안 되지! 어디서 감히!)

(여긴 위원회의 세상이다.)

오망성의 끝에 있던 의원들이 서둘러 움직이기 시작했다.

발현되는 이민준의 기운을 어떻게든 막아 보려는 수작이었다.

이곳은 저들의 세상이니까.

그 어디에서도 볼 수 없었던 엄청난 힘을 가진 의원들이니까.

어쩌면 터져 나오는 이민준의 기운을 막을 수 있었을지도 몰랐다.

만약 외부에서 벌어진 충돌이 아니었다면 말이다.

여러 가지 기운이 이민준을 중심으로 부딪치고, 터져 나오며 치열한 싸움이 벌어지고 있을 때였다.

콰지지직- 콰곽- 콰으웅-

어두운 세상 바깥쪽에서 갑작스러운 폭발음이 울렸다.

그와 동시에,

드드드-

세상 전체가 흔들렸다.

(뭐, 뭐야?)

(외, 외부에서? 우리에게 영향을 미칠 수 있는 것들이 있다고?)

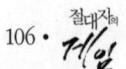

몇몇 의원이 허둥대는 순간,

콰직- 콰웅-

또 한 번의 폭발과 함께 위원회의 세상 전체가 크게 휘청였다.

(크, 크헉!)

(미, 미친!)

그 덕이었을까?

이민준은 자신을 억제하려던 의원들의 마기가 순간 틈을 보였음을 알아챘다.

지금이 기회였다.

'내 뜻을 따라 줄까?'

몸속에서 넘쳐나는 원대한 기운은 지금까지 이민준이 가지고 있었던 그 어떤 기운보다도 막강했다.

문제라면 이전 절대자의 자격처럼 자신의 의지에 따라 움직여 줄지가 의문일 뿐.

'아니, 그런 건 중요한 게 아니야. 난 이미 이 모든 걸 내 것으로 받아들였으니까.'

이민준은 그렇게 믿으며 모든 힘을 자신의 안으로 끌어들였다.

그러자,

콰아아악-

거대한 무언가가 몸 안에서 출렁였다.

조금 전까지만 해도 밖으로만 분출되던 기운이다.

몸속에서 따로 놀던 세 가지의 기운.

쿠우우우-

그것들이 이민준의 의지에 따라 힘을 거둬들이며 신선한 피가 공급되듯 그의 몸속으로 흡수되었다.

(아아! 이럴 수가!)

(이건 아니지! 이렇게는 아니지!)

(대체 뭐가 잘못된 건데?)

의원들의 절규가 공간 안을 울렸다.

더 이상 이민준의 머릿속으로 들어올 수 없는 소리.

저들이 이 공간에 대한 주도권을 잃었다는 걸 반영하는 거리라.

이민준은 공중에 뜬 채로 아래쪽을 내려다보았다.

겁에 질린 의원들의 얼굴이 하나하나 머릿속에 각인되었다.

마치 화가 난 부모가 혼을 내기를 기다리는 어린아이처럼 의원들은 얼굴엔 두려움이 한가득 담겨 있었다.

내가 무슨 말을 하기를 바라는 걸까?

웃기고 있네.

스아악-

이민준은 의원들의 면면을 순식간에 읽어 버렸다.

어차피 공간을 차지하고 있는 건 의원들의 마기와 저들

의 사념이었으니까.

더러운 존재들.

자신들의 생존과 이득을 위해 수많은 목숨을 도륙하고 살육한 지저분한 자들.

너희는 존재 자체가 죄악인 거다.

슈욱-

이민준은 빠르게 바닥으로 내려왔다.

오망성의 정중앙이었다.

주춤- 주춤-

겁에 질린 의원들이 본능적으로 뒤로 물러서고 있었다.

당연한 반응일 거다.

후욱- 후욱-

이민준은 자신이 느끼는 모든 것들을 빠르게 판단했다.

가장 아끼는 일행들.

이 공간의 밖에서 안으로 들어올 방법을 찾고 있는 그들의 의지가 느껴졌다.

-앨리스! 물러나요!

이민준은 텔레파시를 보냈다.

바깥과는 완전히 단절된 공간이었지만 지금의 이민준에겐 그런 건 문제조차 되지 않았다.

-하, 한니발? 괜찮은 거예요?

-나가서 설명해 줄게요. 그러니 지금은 물러나요.

-알았어요!

자신의 뜻을 전달받았는지 일행들과 함께 물러가는 앨리스가 느껴졌다.

그럼 된 거다.

우우웅-

이민준은 자신에게서 뿜어지고 있는 엄청난 기운을 다시금 느꼈다.

(아, 안 돼.)

(잘못 생각하고 있는 거다, 한니발! 올바르게 생각해라!)

(넌 우리가 없으면 성공할 수 없어! 서로가 서로를 도울 수 있단 말이야!)

이미 이민준의 기운에 질린 의원들은 공격 의지조차 꺾여 버린 모습이었다.

그렇다고 이들을 그냥 보내 줄까?

아니.

등을 돌리는 순간 바로 칼을 뽑아 달려들 놈들이었다.

이민준은 감정을 최대한 억제한 말투로 말했다.

"사라져라. 너희의 죄악과 함께. 한 줌의 연기로."

자신의 의지를 몸속 원대한 기운에 담는 순간이었다.

쿠아아앙-

바다 한가운데에 거대한 혜성이 떨어지듯,

짜드드드득-

이민준을 중심으로 엄청난 기운이 하늘 위로 솟구쳤다.

(아, 안 돼!)

(아아아악! 이렇게는 싫어!)

(끄아아악!)

후아아아악-

하늘에서 한 번 꺾여 내려온 기운은 세상을 녹여 버릴 것 같은 열기를 주변으로 퍼트렸다.

물론 일행들이 도망간 범위를 계산해서 기운을 제한한 거였다.

그렇기에 한정된 공간 안에서 끔찍한 열기와 파괴력이 동시에 발현된 것이다.

콰르륵- 쿠르륵- 콰윽-

주변을 덮고 있던 시커먼 에너지 막이 이민준의 기운에 소멸하고 말았다.

콰르르륵-

그렇게 한참을 일렁이던 열기가 서서히 사라지는가 싶더니,

후아악-

들어 올린 이민준의 손에 맞춰 사라졌다.

그러고는,

후욱-

주변으로 희미한 연기 몇 가닥이 바람에 흔들리는 듯싶다

가는 이내 자연 속으로 흩어졌다.

　모든 게 끝이었다.

　"허억!"

　이민준은 그제야 자신 안에 담긴 원대한 힘의 무게를 느꼈다.

　무릎에 힘이 빠져 주춤하긴 했지만 넘어지지는 않았다.

　짧은 시간에 너무 많은 압박을 받은 탓일 것이다.

　"허억! 허억!"

　콰르르륵- 콰르르르-

　몸속에 흡수된 기운이 좁은 길을 빠르게 뚫으며 맹렬하게 흘러가는 물살처럼 몸 여기저기를 두드리고 있었다.

　'적응 기간이 필요하다는 말인가?'

　피식-

　저도 모르게 웃음이 나왔다.

　그리고 동시에,

　띵-

　[상처 : 몸속에 혼재해 있던 여러 기운을 절대자의 자격으로 통합하였습니다.]

　[대단한 업적을 올리며 절대자의 자격 9단계를 개방합니다.]

　또 한 번의 강력한 힘이 느껴졌다.

　놀라운 건 거기서 끝이 아니라는 거였다.

후으윽-

몸에서 강렬한 빛이 일었다.

그러고는,

띠링-

[카라 : 축하합니다. 레벨이 올랐습니다.]

[카라 : 축하합니다. 레벨이 올랐습니다.]

…….

이민준은 자신이 총 5개의 레벨을 올렸음을 확인했다.

그렇다는 건 209레벨이 되었다는 것.

쩌득-

강하게 주먹을 쥐었다.

이전과는 다른, 마치 세상 전체를 움직일 수 있을 것 같은 강력한 힘이 느껴졌다.

"크윽!"

하지만 이민준은 여전히 어지러움이 멈추지 않음을 깨달았다. 레벨 업을 통한 치료 효과도 소용이 없었던 듯싶었다.

단기간에 너무 많은 힘을 흡수한 부작용일까?

터덕- 터덕-

몸에 최대한 힘을 주며 엉망이 된 길을 걸으려던 때였다.

"한니발!"

"오빠!"

((흐어어! 주인님!))

반가운 얼굴들이 멀지 않은 곳에서 뛰어오고 있었다.
단지 아쉬운 건 저들의 모습이 흐릿하게 보인다는 것뿐.
휘청-
순간 중심을 잃은 이민준은 눈앞이 컴컴해짐을 느꼈다.

※ ※ ※

콰우웅-
엄청난 폭발이 일었다.
지금까지 한 번도 느껴 본 적 없는 굉장한 에너지와 무서운 파괴력을 지닌 그런 폭발!
'이대로라면 우린 모두 전멸하고 만다.'
아서베닝은 다급함을 느꼈다.
"크마시온! 보호막!"
"아, 알겠습니다! 보호막!"
크마시온이 보호막을 만들자 아서베닝은 서둘러 자신의 마나를 보탰다.
두 마법의 힘을 합쳐 보호막의 성능을 배가시키려는 방법이었다.
반대로 하는 경우도 있겠지만, 그럴 경우 자신보다 마나의 수준이 낮은 크마시온이 힘겨워진다.
지금으로선 이게 최선이었다.

콰우우- 콰광-

하늘까지 치솟은 화염이 거대한 파도처럼 지면을 향해 쏟아져 내리던 순간이었다.

"무, 무서워. 우리 이대로 끝인 거야?"

핵폭발이라도 일어난 것처럼 멀지 않은 곳에서 기세를 불리고 있는 화염과 폭발을 바라보던 루나가 기운 빠진 목소리로 한 말이었다.

루나만이 아니었다.

폭발의 위력이 어찌나 강력했던지 보호막 안에 몸을 숨기고 있던 일행들의 얼굴에 두려운 기색이 역력했다.

왜 아닐까?

누구도 경험하지 못한 끔찍한 폭발이었다.

더군다나 폭발과 함께 주변으로 퍼져 나온 기운은 느끼는 사람으로 하여금 심장을 오그라들게 하고 있었다.

현재는 그런 상황이었다.

그런데 놀랍게도,

"아니, 아니란다, 루나야. 이긴 뭔가 좀 다르구나."

카소돈이 따스한 목소리로 일행들을 안심시켰다.

"그, 그게 정말이에요?"

모두의 시선이 카소돈을 향해 달려들었다. 그러자 주신의 사제가 벅차오르는 표정으로 말했다.

"저건 할루스 님의 기운이자 한니발 님의 기운이란다."

한니발?

우리를 이끌고 있는 그 위대한 존재 한니발 형이라고?

아서베닝은 고개를 흔들었다.

이건 지금까지 한니발이 보여 주었던 그 어떤 종류의 기운과도 비교되지 않을 만큼 강력했기 때문이었다.

그렇게 복잡한 감정을 느끼고 있던 참이었다.

콰르르륵-

"아!"

고개를 돌려 폭발의 범위를 확인한 아서베닝은 그제야 저 원대한 에너지의 근원을 알아챘다.

'카소돈 사제의 말이 맞아. 너무 강력해서 잠시 착각하고 있었던 거야. 이 기운은 한니발 형께 맞아. 이건, 이건 정말 대단해.'

아서베닝은 드래곤이다.

지상계에서 가장 강하고 고귀하다는 그들의 종족을 빼고는 절대로 상위의 존재를 인정하지 않는 자존심 강한 생명체.

그런 아서베닝이 입을 벌린 채로 한니발이 만든 굉장한 화력 쇼를 보고 있는 거였다.

시간은 그다지 오래 걸리지 않았다.

콰우우우-

누구도 상상하지 못했던 강력한 파괴력으로 주변을 휩쓴 폭발이 점점 몸체를 줄이기 시작했다.

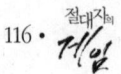

잠시 눈을 깜박이는 순간,

슈우우-

몸체를 줄인 폭발이 거짓말처럼 사라졌다.

그러고는 모습을 드러낸 한 사람.

한니발이었다.

"형!"

"오빠!"

"주, 주인님!"

누구 하나 한니발을 부르지 않는 이가 없었다.

그럴 만큼 간절하게 보고 싶었던 사람이니까.

"크마시온, 보호막을 거둬!"

"네? 네! 그렇게 하겠습니다, 베닝 님."

쉬우욱-

크마시온이 보호막을 걷자 약속이라도 한 것처럼 모두가 한니발을 향해 달리기 시작했다.

타다닥-

아서베닝도 최선을 다해서 뛰었다.

두근- 두근-

소이엄에 도착하면서부터 강한 불안감과 통증을 유발한 마나 심장이다.

그렇게나 아픈 심장이었지만, 지금 이 순간 한니발을 향해 달려가는 이 순간만큼은 놀랍도록 설레고 떨렸다.

또 다른 각성 • 117

'형! 혀엉!'

한니발이 강력한 에너지 장을 이겨 내고 살아 나왔다는 게 무엇보다 기뻤다.

모두의 우려를 걷어 내듯 멀쩡한 모습으로 나타난 형.

아서베닝은 그렇게 생각을 하며 달리고 있었다.

그런데,

휘청-

한니발의 몸이 흔들렸다.

"대체 무슨? 혀엉!"

언제나 굳건한 나무처럼 꿋꿋한 모습을 보여 주었던 한니발이다.

그런 한니발이 정신을 잃고 쓰러진다고?

심장이 발바닥까지 떨어지는 것처럼 놀랐다.

"안 돼!"

아서베닝은 자신의 모든 역량을 발휘해 쓰러지려는 한니발을 받쳐 주려 했다.

슈욱-

마법을 사용했고, 몸이 전방을 향해 빠르게 튀어 나갔다.

10미터, 8미터, 5미터.

손만 뻗으면 형을 받칠 수 있어!

라고 생각하는 순간,

콰지지직-

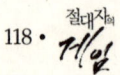

강력한 전기의 힘이 아서베닝의 손을 밀쳐 냈다.

"뭐야?"

그 힘이 어찌나 강력했던지,

쉬익- 콰당-

무려 드래곤인 아서베닝이 옆으로 밀리며 넘어지고 말았다.

"베닝 군!"

"베닝 님!"

((흐어어!))

뒤따라 달려온 일행들이 놀란 눈으로 한니발과 아서베닝을 번갈아 가며 쳐다봤다.

"베닝? 괜찮아?"

서둘러 달려온 루나가 아서베닝을 일으키기 위해 손을 내밀었다.

하지만,

"괜찮아. 잠시 놀란 것뿐이야."

자존심 강한 드래곤답게 아서베닝은 루나의 손을 잡지 않고는 자리에서 일어났다.

"그, 그렇구나."

루나가 서운한 표정을 짓기는 했지만, 지금은 그런 게 중요한 게 아니었다.

"베닝 군! 무슨 일입니까?"

또 다른 각성 • 119

카소돈이 다가오며 물었다.

"모르겠어요. 마치 저 투명한 기운이 형의 몸에 손을 못 대게 하려는 것처럼 저를 밀었어요."

아서베닝이 조금 전 충격으로 다시금 아픈 심장을 떠올렸다는 듯 손으로 가슴을 비볐다.

그러고 보니…….

모두의 시선이 한니발을 향했다.

그는 공중에 뜬 채로 누워 있었다.

콰직- 빠지직-

그리고 그 주변을 보이지 않는 투명 보호막이 강하게 방어하고 있었다.

'무의식의 기운이 형을 보호하기 시작했다고?'

그래. 그런 거다.

아서베닝은 마나 심장이 아픈 와중에도 계속해서 두근거리는 설렘을 느꼈다.

이건 정말 엄청난 일이었다.

스스로 힘을 발현하기 시작한 기운.

과연 그런 힘을 가진 자가 이곳 세계에서 얼마나 존재를 할까?

"흐음."

또한 그렇게 생각하는 건 카소돈도 마찬가지였던지 한니발의 기운을 살펴본 주신의 사제가 입을 열었다.

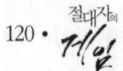

"주신의 힘을 크게 깨우치신 겁니다. 하지만 문제라면 주신의 기운에 다른 혼탁한 것들이 섞인 거지요."

그는 주신의 사제답게 현 상황을 정확하게 짚어 내고 있었다.

"그래서 형의 기운이 확실하게 안 느껴졌던 거군요."

아서베닝의 질문에 카소돈이 고개를 끄덕였다.

"그렇습니다. 그리고 그런 복잡한 기운들이 한니발 님을 이렇게 만든 겁니다."

"하지만 아까 그 폭발, 형이 그 기운들을 완전하게 통제하지 못했다면 불가능했을 거예요."

"그 또한 맞는 말입니다. 하지만 보세요. 지금 한니발 님이 가지게 된 힘은 이곳 세상 그 누구도 손에 쥐어 본 적 없는 엄청난 힘입니다."

아서베닝이 고개를 끄덕이자 카소돈이 말을 이었다.

"그럴 만큼 적응의 시간이 필요한 겁니다. 그러니 차분하게 기다립시다. 한니발 님이 온전한 힘을 가지고 깨어나길 말입니다."

"알겠습니다."

아서베닝은 다른 일행들이 기대하고 있는 것처럼 두근거리는 마음으로 한니발을 바라보았다.

어쩌면 인간으로서는 유일하게 진정한 신의 힘을 가진 존재가 될지도 모르는 사람이다.

그래서인지는 모르지만 아서베닝은 한니발이 한시 빨리 깨어나길 바랐다.

그의 변한 모습, 그가 가진 강력한 힘을 꼭 보고 싶었기 때문이다.

※　※　※

더 이상의 고통은 없었다.

아니, 오히려 포근하고 편안한 기운이 주변을 가득 채우고 있었다.

'그래, 맞아. 위원회는 전멸했어.'

이민준은 그걸 분명하게 인지할 수 있었다.

위원회의 세계에 갇혔을 때 그들이 어떤 존재인지를 분명하게 깨달았으니까.

위원회.

허울만 좋은 이름이었다.

껍데기를 빼고 나면 실상은 그저 더러운 욕망과 끔찍한 이기주의에 절은 자들의 모임이란 걸 안 것이다.

물론 그런 형태의 인간들은 세상에 넘치고, 또 넘쳤다.

문제라면 위원회의 모든 의원이 더러운 인간들치고는 말도 안 되게 뛰어난 머리와 능력을 가지고 있다는 거였다.

이민준은 고개를 끄덕였다.

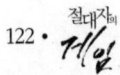

진정한 천재들이 비뚤어진 세계관을 가지면 어떻게 되는지를 똑똑하게 경험한 거니까.

'역시 인간성과 도덕성은 정말 중요한 거구나.'

가장 기본적인 거지만 위원회의 의원들은 기본을 완벽하게 무시한 존재들이었다.

어떻게 그런 게 가능하냐고?

그들에게 이곳은 현실이 아닌 게임 세상이었으니까.

그들은 자신들이 죽이고 고통을 준 존재들을 단지 게임의 일부분이라고 믿고 있었던 거였다.

그러니 그렇게도 잔인하고 더러운 행동이 가능했겠지.

참담한 일이었다.

암흑에 발을 담근 순간부터 그들은 인간성을 완전히 상실하며, 오직 자신들의 욕망에 목말라하는 괴물이 되고 만 것이다.

꽈득-

강하게 주먹을 쥐었다.

힘.

절대적인 힘을 가진 자가 어떤 생각을 하고 있는가는 그래서 중요하다.

이민준은 이번 일을 겪으며 그 점을 확실하게 깨우쳤다.

그런데…….

주변을 둘러보았다.

온통 하얀빛으로 이루어진 공간이었다.

'내가 왜 여기 있는 거지?'

분명히 각성을 했다. 지금까지와는 다른 진정으로 원대한 힘을 흡수하며 말이다.

그런데 대체 왜 이런 공간에서 눈을 뜨게 된 걸까?

스윽-

이민준은 자리에서 일어났다.

'이건, 대단한데?'

몸은 그 어느 때보다도 힘이 넘치고 가벼웠다.

비단 이곳 의식 속의 세상에서만 그런 건 아니었다.

이민준은 현실에 있는 자신의 몸 또한 매우 건강한 상태임을 느낄 수 있었다.

물론 몇몇 혼탁한 기운이 몸속에 섞여 있긴 했다.

하지만 그런 건 전혀 문제가 되지 않았다. 시간이 지나면 서서히 순화되어 자신에게 흡수될 기운들이다.

그렇게 생각하자 또 다른 의문이 고개를 들었다.

'왜 게임 세상이 아닌 이곳에서 깨어난 거지?'

뭔가 이유가 있는 건가?

이민준은 다시금 자신의 상태를 확인했다.

억지로 정신을 잃은 게 아닌, 언제든 깨어나고 싶을 때 깨어날 수 있는 그런 상태였다.

'내가 원하면 언제든 이곳을 벗어날 수 있다고?'

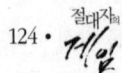

그렇다면 이곳에 머무를 이유가 없지 않은가?

그렇게 생각하며 천천히 주변을 둘러볼 때였다.

'음?'

이민준은 이곳 세상에 뜻밖의 존재가 서 있음을 깨달았다.

그는 평범한 중년인의 모습이었다.

수염을 기르거나 도인처럼 옷을 입은 그런 사람이 아닌, 여느 일반적인 마을에 가면 볼 수 있는 그런 보통의 중년 남성의 모습이었다.

하지만 이민준은 물어보지 않아도 그가 누군지를 알 수 있었다.

그에게 다가갔다. 그러고는 물었다.

"할루스, 당신은 할루스군요."

그러자 그가 미소를 지으며 고개를 끄덕였다.

세상에!

절대자의 세계를 창조한 존재.

주신 할루스가 눈앞에 나타난 거다.

"봉인이 풀린 겁니까?"

이민준의 물음에 할루스가 고개를 흔들었다.

봉인이 풀리지 않았다고? 그런데 어떻게 나타날 수 있는 거지?

이민준이 의문을 갖자 할루스가 천천히 움직이며 입을 열었다.

"큰일을 해 주었다, 모험가여. 그대의 이번 각성과 함께 나의 봉인도 약해졌다네."

마치 동굴에서 이야기하는 것처럼 낮고 굵게 울리는 목소리였다.

"제 각성 때문에 봉인이 약해졌다고요?"

끄덕-

"그렇다면 당신은 봉인으로부터 자유를 얻으신 건가요?"

"그건 아니라네, 여행자여. 내가 가진 힘의 한계에서 조금의 여유를 얻었을 뿐. 영원한 건 아니라네. 하지만 그럴 날이 머지않았다네. 지구에서 온 자여, 자네가 정말 잘해 주었으니 말일세."

주신의 칭찬에 이민준은 심장이 두근거림을 느꼈다. 이 세계의 모든 것들을 관장했던 자의 칭찬이었다.

하지만 그렇다고 마냥 좋아할 수는 없었다. 그렇게나 만나고 싶었던 주신을 이렇게 맞대한 거다.

이민준은 알고 싶었던 걸 묻기 위해 입을 열었다.

"주신이시여, 이곳은 어디입니까? 제 일행들은 모두 안전한 겁니까?"

"걱정하지 말게나. 나의 친구이자 소중한 이여. 그대의 일행은 아무 문제 없이 안전하다네. 또한 이곳은 그대의 세상이자 나의 세상이기도 하지."

그렇단 말이지?

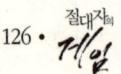

그건 정말 다행이었다.

"주신이시여, 알고 싶은 게 있습니다. 대체 무엇 때문에 나를 이곳으로 끌어들이고, 나에게 이런 거대한 힘을 준 겁니까?"

제발 답을 달라는 절박함으로 물은 거였다.

츠츠츠-

그러나 할루스는 답을 주는 대신 손을 뻗어 이민준을 가리켰다.

"나에게 허락된 시간이 많지가 않다네. 그러나 걱정하지 말게나. 모든 과업을 완수하는 순간 그대는 알게 될 걸세. 그러니 조급해하지 말고 그대에게 주어진 과업을 마무리 짓도록 하게나, 여행자여."

그것이 주신의 마지막 메시지였다.

'아아.'

이민준은 아련함을 느꼈다.

주신에게서 느껴지는 외로움과 쓸쓸함, 그리고 고통마저.

'할루스가 느끼는 이 아련한 감정은 무엇이지?'

안타깝지만 그게 끝이었다.

화그으윽-

환한 세상이 점점 어두워지는가 싶더니,

번쩍-

이민준은 이내 절대자의 세계에서 눈을 떴다. 자신을 기다리고 있는 소중한 일행들에 둘러싸인 채 말이다.

또 다른 각성 • 127

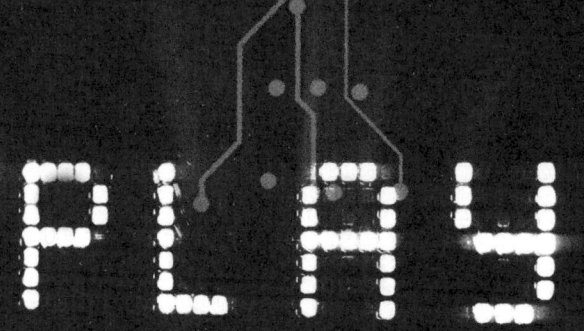

제5장

다이온

박완서

 이민준은 천천히 움직였다. 그러자 공중에 떠 있던 몸이 자연스럽게 지상으로 내려왔다.
 아무래도 정신을 잃었던 시간 동안 저도 모르게 공중에 떠 있었던 모양이었다.
 '새롭게 각성한 힘이 나를 지켜 주고 있었구나.'
 누가 말해 주지 않아도 그 정도는 충분히 인식할 수 있었다.
 이민준은 주변을 둘러보았다.
 그러자,
 "한니발."
 "한니발 님!"

"오빠, 괜찮은 거야?"

자신을 둘러싼 채로 걱정스러운 표정을 짓고 있던 일행들이 약속이라도 했다는 듯 소리쳤다.

폭발의 기운이 사라지고 난 후 느닷없이 쓰러진 거다. 일행들의 이런 반응은 어쩌면 당연한 건지도 몰랐다.

"새롭게 각성한 힘을 온전하게 받아들일 시간이 필요했어요. 그래서 잠시 정신을 잃었던 건데 지금은 괜찮습니다."

"다행이에요. 정말 걱정 많이 했어요."

앨리스가 바짝 다가와 이민준의 손을 잡아 주었다. 수심이 깊었던지 그녀의 얼굴이 수척해 보였다.

'앨리스.'

이민준은 저도 모르게 뭉클함을 느꼈다.

물론 일행들 모두 자신을 아끼고 사랑해 주고 있다는 걸 누구보다 잘 알고 있었다.

하지만 그중에서도 앨리스는 정말 특별한 사람이었다.

사람들의 마음을 저울에 달고 무게를 잴 수는 없는 거지만, 그렇다고 해도 앨리스의 마음만큼은 정말 남달랐다.

"고마워요, 앨리스."

이민준은 앨리스의 손을 맞잡아 주었다.

자신 또한 그런 앨리스를 각별하게 생각하고 있다는 걸 보여 주기 위해서였다.

그러자,

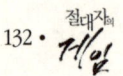

또르륵-

그녀의 눈에서 보석 같은 눈물이 흘러내렸다.

안도의 눈물일 것이다.

자칫 잃어버릴지도 모른다고 생각했던 소중한 사람.

그런 한니발을 다시 찾았다는 안도감 말이다.

치직- 바스슥-

차락-

"크마시온, 여기 잘 좀 잡아."

"아얏! 알겠습니다, 루나 님. 저는 여기가 아직 헐렁한 거 같아서요."

"시간이 많은 게 아니잖아. 너무 집착하는 것도 안 좋다고, 크마시온."

"이, 이게 성격이 그렇다 보니. 쿨럭!"

"어련하시겠어? 하여간 잘 좀 하자."

"흐흐! 알겠습니다."

크마시온과 루나가 서둘러 마차를 수리했다.

예상치 못한 공격을 받으며 여러모로 무리가 가해진 마차다. 안전한 운행을 위해서라도 수리가 필요한 시점이었다.

"카소돈 님, 잠시 저와 이야기를 나누실 수 있겠습니까?"

"물론입니다. 지금 당장 할 일이 있는 것도 아닌걸요."

이민준은 마차가 수리 중인 틈을 이용해 카소돈과 함께

일행들한테서 떨어졌다.

"무슨 일이십니까? 한니발 님."

"조금 전 정신을 잃었을 때 말입니다. 비록 짧은 시간이긴 했지만, 주신을 만났었습니다."

"하, 할루스 님을요? 봉인 중인 주신을 만나셨단 말입니까?"

"그렇습니다."

"아아, 주신이시여. 아아, 세상의 주인이시여."

이민준의 말에 카소돈이 감격받은 얼굴로 눈물을 글썽였다.

모진 세월 동안 이단 취급을 받으며 살아온 카소돈이다.

세상을 지배한 다른 신들로부터 봉인되어 할루스를 믿는 이들이 배척을 당한 암흑기 동안 말이다.

카소돈은 끔찍한 암흑기를 온몸으로 맞서며 끝까지 주신의 사제 자리를 지킨 것을 자랑스럽게 생각하고 있었다.

그런데 그런 주신의 사제에게 다시금 모습을 드러낸 주신의 존재는 벅차오름과 감격이었을 거다.

"부디, 부디 말씀해 주세요. 어떠셨습니까? 봉인이 풀리신 겁니까? 다시 세상으로 나오신 겁니까?"

이민준은 카소돈에게 자신이 만난 주신에 대하여 가감 없이 모두 말해 주었다.

그러자,

"아아, 주신이시여!"

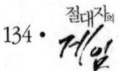

할루스의 소식을 전해 들은 카소돈은 결국 굵직한 눈물을 흘리고 말았다.

지금까지 한 번도 보여 준 적 없던 눈물이다.

주신의 사제가 얼마나 신앙심이 깊은 사람인지를 다시금 느끼는 순간이었다.

"봉인 해제의 순간이 얼마 남지 않았다고 하셨습니다. 어쩌면 성지 활성화 퀘스트를 완료하고, 제가 절대자의 자격을 완성한다면 카소돈 님이 기다리셨던 영광의 순간이 오지 않겠습니까?"

"아아, 그럼요. 그럴 겁니다. 흐흐흑!"

이민준의 말에 감복을 받았던지 카소돈이 양손으로 얼굴을 가리며 울었다.

진정한 사제의 모습이었다.

신을 향한 올곧은 삶을 살아온 사제.

물론 야화, 야설 7전집을 제작하긴 했었지만, 그건 카소돈만의 독특한 종교관이었을 뿐 죄는 아니니까.

이민준은 훈훈한 기분을 느끼며 카소돈에게 충분히 속을 털어 낼 시간을 주었다.

조금의 시간이 지난 후였다.

"후우! 이것 참, 부끄러운 모습을 보였군요."

카소돈이 개운한 표정으로 말했다.

"누구에게나 그런 시간은 필요하니까요."

"역시 주신의 전사이십니다. 한니발 님을 뵐 때마다 제가 배워야 할 게 아직도 많음을 느낍니다."

"저 또한 마찬가지입니다. 카소돈 님이야말로 진정한 주신의 사제가 아니십니까?"

"어허! 이거, 이거, 서로에게 너무 간지러운 거 아닙니까?"

"아무래도 그렇지요? 하하!"

"후후후."

두 사람은 무거웠던 조금 전의 분위기를 털어 내며 한껏 웃을 수 있었다.

물론,

'울다가 웃으면……. 으흠.'

이민준이 살짝 깨끗하지 못한 생각을 했다는 건 절대로 비밀이었다.

달그르륵- 달각-

수리를 끝낸 마차가 어둠에 잠긴 소이엄 대륙을 힘차게 달렸다.

이곳은 가르디움 대륙과는 다르게 야간에 빛을 뿜어 대는 생명체들이 보이지 않았다.

또한 1년 내내 먹구름이 걷히지 않는 곳이기에 하늘 역시 시커멓기만 했다.

그렇기에 말 그대로 칠흑 같은 밤이었다.

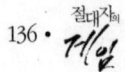

하지만 걱정할 필요는 없었다.

후우우웅-

아서베닝이 마법으로 만든 헤드라이트가 마차의 양쪽에 달린 채로 전방을 환하게 밝히고 있었기 때문이다.

덕분에 먼 거리까지 시야가 확보되어 마차 운행에는 아무런 문제가 없었다.

크아으- 크르르르-

물론 빛이 닿지 않는 쪽에서는 음산한 몬스터들의 울음소리가 전해져 오기도 했다.

"저놈들, 우리한테 달려들고 싶어서 저러는 거겠지?"

이민준은 마차의 지붕에 마련된 소파에 앉아 흥미롭다는 듯 물었다.

"죽음의 대륙이잖아요. 여기 사는 몬스터들이라면 충분히 그럴 만하죠."

아서베닝이 힘겹게 숨을 내뱉으며 한 말이었다.

이민준은 걱정스러운 눈으로 아서베닝을 살폈다.

얼굴에 송골송골 맺힌 땀과 억지로 고통을 참고 있는 표정.

이러다 잘못되는 건 아닌가 하는 생각이 먼저 들었다.

"베닝, 정말 괜찮겠어? 소이엄 대륙의 영향을 받고 있는 거 아니야? 힘들면 혼자라도 가르디움 대륙으로 돌아가는 게 어때?"

"아니요. 참을 만해요."

"하지만 너무 힘들어 보이는걸."

이민준의 말에 아서베닝이 희미하게 미소 지으며 말했다.

"저도 뭔가가 이상하다는 건 알아요. 그런데 이런 불안함과 고통이 분명한 이유를 가지고 있다는 믿음이 생겼어요. 뭔가가 저를 계속해서 끌어당기는 그런 기분이요."

이민준은 진지한 표정으로 아서베닝을 살폈다.

녀석의 진심을 모를 리가 없었다.

'흐흠.'

아서베닝은 어금니를 꽉 깨문 채로 어떻게든 고통을 이겨내고 싶어 하는 모습이었다.

이런 녀석을 어떻게 억지로 돌려보낸단 말인가?

"그래. 알았어. 네가 원한다면 그렇게 해. 하지만 정말 문제가 생길 것 같다면 그때는 참지 말고 말해 줘야 해. 난 네가 힘들지 않았으면 좋겠어."

이민준의 진심에 감동하였던지 아서베닝이 살짝 붉어진 얼굴로 대답했다.

"그렇게 할게요, 형. 이건 드래곤의 약속이에요. 그러니 걱정하지 마세요."

이민준은 고개를 끄덕여 주었다.

마차의 덜그럭거리는 소리가 잠시의 침묵으로 비워진 공간을 파고들었다.

이런저런 생각을 하고 있을 때였다.

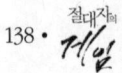

"그런데 형, 어떤 기분이에요? 새로운 힘을 각성했다는 거요."

아서베닝은 역시나 드래곤답게 이민준이 각성한 거대한 힘에 관심을 보였다.

"글쎄?"

이민준은 자연스럽게 손을 들어 올렸다.

그러자,

후응-

잔잔하지만 거대한 힘이 따스한 공기처럼 주변을 뒤덮었다.

위협적인 힘이 아니었다. 모두를 안심하게 하여 주는 그런 종류의 힘이었다.

"세상에."

그런 이민준의 놀라운 능력을 보고는 아서베닝이 감탄했다는 눈으로 말했다.

"형이 기운을 사용하는 거요. 마치 우리 드래곤들이 마법을 자연스럽게 사용하는 것과 같은 거예요."

끄덕-

이민준도 알고 있었다. 자신이 각성한 기운이 전과는 완전히 다른 종류의 것임을 말이다.

절대자의 자격과 미친 일곱 왕의 기운, 그리고 멜탄스의 심장을 고스란히 흡수한 거다.

상상을 초월하는 힘을 가진 건 둘째치고라도, 마치 원할 때 입김을 불듯 강력한 힘을 자유자재로 사용할 수 있는 능력까지 갖춘 거다.

아서베닝이 고개를 끄덕이며 말했다.

"어쩌면 다이온에서의 일, 그다지 어렵지 않을 수도 있겠어요."

"내가 힘을 가져서?"

"맞아요. 드래곤들은 진정한 힘을 가진 존재를 대우해 줄 줄 알거든요."

"그렇구나."

그렇다면 그건 정말 다행이었다.

자칫 드래곤들과 힘겨운 싸움을 벌여야 하는 건 아닐까 하는 고민이 계속해서 따라붙었으니 말이다.

"아무튼, 형이 대단한 힘을 가져서 정말 좋아요. 부럽기도 하고요."

이민준은 걱정스러운 눈으로 아서베닝을 바라보았다.

드래곤이 이런 약한 소리를 하다니!

만약 아서베닝의 몸이 정상이었다면 살짝 혼을 내주었을지도 모른다.

하지만 지금은 녀석도 많이 약해진 상태니까.

"너도 성장할 거야. 난 믿어. 베닝이가 강한 드래곤이 될 거라는 걸 말이야."

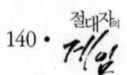

"말이라도 고마워요, 형. 저도, 저도 어머니와 외할아버지에게 부끄럽지 않은 그런 드래곤이 되었으면 좋겠어요."

"왜 그런 걱정을 해? 넌 분명 그렇게 될 거야."

"그래요. 그럴 거예요, 형. 저 피곤해요. 조금 자도 괜찮을까요?"

평상시 같았으면 절대로 잠이 들 녀석이 아니다.

드래곤이니까.

드래곤은 정해진 동면 기간을 제외하고는 특별히 잠을 자지 않는 종족이었다.

하지만 지금은?

몸이 힘든 거다.

움직이는 게 힘들 정도로 피곤해서 잠을 요구하고 있는 걸 거다.

녀석과 계약을 맺고 있는 덕분에 이민준 또한 그걸 느낄 수 있었다.

이민준은 아서베닝이 걱정하지 않기를 바라며 말했다.

"그래. 눈치 보지 말고 편하게 자."

"네, 네. 미안해요, 형."

아서베닝의 눈이 스르르 감겼다.

이민준은 입을 굳게 닫은 채로 잠든 아서베닝을 바라보았다.

자신이 거대한 힘을 얻었다고 하여 드래곤의 문제를 모두 해결할 수 있는 건 아니었다.

특히나 지금처럼 힘겨워하는 아서베닝의 문제라면 더욱 그랬다.

제발, 제발 별일이 아니기를.

이민준은 아서베닝이 감기를 앓듯 가볍게 이겨 내기를 바랐다.

❈ ❈ ❈

다이온까지의 거리가 있었기에 드래곤들의 서식지에 도착하기 전, 또 한 번 현실을 다녀올 시간이 되었다.

후으윽-

현실로 돌아온 이민준은 평소처럼 운동을 끝냈다. 그러고는 집으로 돌아와 샤워를 한 후 아침을 먹었다.

"어머니, 오늘은 아침 밥상에 고기가 없네요."

"어머! 그렇구나. 창식아, 그렇다면 다음번 네가 우리 집에 들를 때 질 좋은 고기를 좀 사 오는 건 어떠니?"

"헉! 그러고 보니 매일 염치없이 얻어먹기만 했네요. 죄송해요."

"이런! 꼭 그런 걸 말하려는 건 아니었지만, 진실이 변하는 건 아니잖니? 호호호!"

"으윽! 며, 명심하겠습니다, 어머니. 흐흐흐!"

서로 기분이 나쁜 분위기는 아니었다.

도서경도 성창식을 친아들처럼 생각했고, 성창식 또한 마찬가지였다.

그렇기에 꽤 장난 같은 분위기였다.

"잘 먹었습니다!"

"그래. 아들들, 오늘 하루도 기운 내!"

"그럴게요."

도서경과 인사한 이민준은 성창식과 함께 회사로 향했다.

이민준이 운전하는 차 안이었다.

"와! 민준아, 너희 어머니 요즘 들어 더 밝아지신 거 같지 않아?"

왜 아닐까?

전 같았으면 오늘 아침 같은 농담은 꿈도 못 꾸었을 어머니다.

짧은 시간에 감당하지 못할 불행을 겪으며 힘겨운 시간을 보내왔던 그녀니까.

그렇기에 꽤 오랜 시간 웃음을 잃어버렸던 어머니였는데, 요즘 들어 부쩍 농담하는 횟수가 늘고 있었다.

이민준은 고개를 끄덕이며 대답했다.

"부모님의 얼굴에 미소를 찾아오는 방법은 말이야……."

"방법은?"

"자식이 성공하는 거 아니겠냐? 너도 아버지께 돈뭉치를 자주 가져다드려 봐라. 정말 행복해하실 거다."
"네 말을 듣고 보니 그러네."
 성창식이 마치 새로운 사실을 깨달았다는 것처럼 심오한 표정을 지었다.
'후후! 짜식.'
 이민준은 독특한 반응을 보이는 성창식이 재밌다는 듯 고개를 흔들었다.
 우우웅- 끼익-
 먼 거리가 아니었기에 금세 회사에 도착할 수 있었다.
 차에서 내린 이민준은 성창식과 함께 사무실로 향했다.
 언제나 1등으로 회사에 도착했던 두 사람이다. 그렇기에 회사의 문을 여는 것 또한 두 사람 몫이었다.
 이민준은 생각 없이 입구의 문을 잡았다.
 끼익-
'음?'
 놀랍게도 문이 열려 있었다.
"뭐야?"
 이민준은 고개를 갸웃하며 회사로 들어섰다.

 대체 누가 문을 열고 들어온 걸까?
 머릿속으로 가능성 있는 사람들을 짚어 보았다.
 그렇게 말려도 야근을 즐기는 노영인 팀장?

자신 다음으로 일찍 출근하는 경리팀의 서연심 팀장?

그것도 아니면 건물 주인?

정문 열쇠를 가지고 있는 몇 안 되는 사람들이었다.

"뭐야? 문은 언제 연 거야? 너 열쇠 꺼내는 것도 못 본 거 같은데."

성창식이 귀신이라도 본 것 같은 표정을 지었다.

하지만 지금은 그런 걸 일일이 설명할 수는 없었다.

이민준은 여러 가지 경우의 수 중에서 가장 좋지 않은 상황부터 떠올렸다.

대번과 각을 세우고 있었고, 국회의원을 조사 중인 시기다.

만약 어느 한 군데서라도 정보가 새어 나간 거라면?

'침입자! 침입자가 있다면 창식이가 위험할 수도 있어.'

만약의 상황을 대비하기 위해서는 성창식이 자리에 없는 게 나을 듯싶었다.

"창식아."

"어?"

"내가 깜빡하고 집에 서류를 두고 온 거 같아. 나 오늘 아침에 사무실에서 꼭 확인해야 할 이메일이 있거든. 미안한데, 네가 대신 우리 집에 좀 갔다 와 줄 수 있겠어?"

"에이! 뭐 그런 걸 그렇게 미안한 표정으로 부탁하고 그래? 서운하게. 내가 그 정도도 못해 줄 거 같았냐?"

성창식이 웃으며 손을 내밀었다. 차 열쇠를 달라는 거였다.

"그래. 고맙다, 친구야."

"아이고! 이 정도로 고마우면 나는 매일 고마움에 몸을 비틀며 살아야겠네요. 흐흐! 빨리 갔다 올게."

열쇠를 건네받은 성창식이 고민 없는 얼굴로 건물을 나섰다.

우우웅-

철컥-

성창식이 회사를 빠져나가는 걸 확인한 이민준은 서둘러 정문을 잠갔다.

밖에서 열쇠를 이용해도 열리지 않게 안전장치까지 한 거였다.

그러고는 서둘러 계단을 올라갈 때였다.

후욱- 후욱-

놀랍게도 현실의 오른손이 반응하기 시작했다.

'역시 뭔가가 있는 거구나!'

꽈득-

강하게 주먹을 쥔 이민준은 오른손이 전해 주는 감각을 최대한 알아내기 위해 집중력을 높였다.

위협에 대한 경고냐? 아니면 침입자라도 있는 거야?

그렇게 생각할 때였다.

후욱- 후욱-

'음? 이건?'

다시금 오른손을 뜨겁게 달군 주신의 상처가 전해 준 감각은 안심하라는 거였다.

'안심해? 뭐가 있는 건데?'

물론 상처는 대답을 할 수가 없었다.

하지만,

후욱- 후욱-

오른손을 통해 전달된 느낌은 대표실이 있는 곳을 향하고 있었다.

주신의 상처가 그렇다고 해도 무조건 안심을 할 수는 없는 일!

이민준은 최대한 주의를 기울이며 대표실이 있는 층으로 들어섰다.

그때였다.

빠스스-

마치 한 층 전체에 전기가 가득한 느낌이었다.

빠스스- 빠스스-

그러면서 사무실에 비치된 모니터와 천장에 있는 형광등이 미친 듯이 깜빡였다.

'뭐지?'

이민준은 경계를 늦추지 않은 채로 사무실 안을 바라보았다.

들어가야 하나, 말아야 하나?

고민이 들 때,

후욱- 후욱-

익숙한 느낌과 함께 오른손이 안정적인 신호를 보냈다.

설마? 진짜?

그 덕분이었던지 이민준은 사무실을 채운 기운이 누구의 것인지를 알 수 있었다.

'긴장하지 말자.'

빠스스스-

사무실 안은 보이는 것과는 다르게 따스하고 온화한 느낌이었다.

'위험하지 않아.'

이렇게나 확실한 느낌이 들다니!

저벅-

이민준은 사무실 안으로 발을 들였다. 그러고는 물었다.

"당신이 D.O.D라고?"

빠스스- 빠스스-

이민준의 물음에 사무실을 가득 채운 전기가 반응했다. 그러더니,

치지직- 치익-

책상 중 하나에 올려진 스피커가 반응했다.

(치익- 치칙- 정확한 이름은, 치직- 그대들의 언어와는 다르다. 치이익- 하지만 그대가 물은, 파슥- 존재가 D.O.D

라면 내가 바로 그렇다.)

 기계음이 섞인 어색한 말투였다. 하지만 그럼에도 이민준은 심장이 두근거림을 느꼈다.

 정말 D.O.D가 맞는다고?

 이민준은 고개를 흔들었다.

 설마 이런 상황에서 D.O.D라는 존재를 마주하게 될 줄이야!

 그런데 그거 회사 이름 아니었어?

 물론 스피커가 말한 이야기를 무조건 진실로 받아들일 수는 없는 일이었다.

 하지만,

 후욱- 후욱-

 다시금 신호를 보내 준 주신의 상처는 분명하게 D.O.D의 존재를 증명해 주고 있었다.

 그렇다면 지금 이곳 사무실을 가득 채우고 있는 기운이 바로 D.O.D라는 소리다.

 머릿속에 혼란이 일었다.

 적어도 일반적인 게임 회사들처럼 컴퓨터 서버나 뭐 그런 게 존재하는 줄 알았는데.

 그러자,

 빠숫- 빠스스-

 방 안을 채운 기운이 이민준의 생각을 읽었다는 듯 빠르게 반응했다.

(치이익- 나에게 주어진 시간이 많지가 않다. 치직- 너무 복잡한 상념은 우리의 시간을 방해할 뿐이다.)

'어라?'

이 녀석이 하는 말이 어째 주신과 비슷하네?

그도 봉인이 풀리지 않아 시간이 부족하다고 했었으니까.

이민준은 주변을 가득 메운 D.O.D의 기운을 훑으며 물었다.

"D.O.D 당신도 할루스처럼 봉인이라도 되어 있었다는 건가?"

(치직- 개념이 조금 다르긴 하지만 그와 비슷한 상황이긴 하다.)

뭐? D.O.D도 주신처럼 갇혀 있었다고?

"대체 누구한테?"

그렇게 묻자 다시금 치직거린 D.O.D가 대답했다.

(치이익- 그대가 멸망이라 불렀던 그 존재다. 이 모든 혼란은 균형을 벗어난 그 프로그램 때문에 시작된 거다.)

이민준은 고개를 끄덕였다.

'역시!'

게임 세상에서 만난 멸망은 인간으로 치면 암세포와도 같은 존재라는 걸 알고 있었으니까.

"그렇다면 다른 날도 아닌 오늘 아침에 나를 찾아온 이유가?"

(나 또한 그대가 게임 안에서 9차 각성을 한 덕분에 조금의 에너지를 얻을 수 있었다. 나를 막고 있는 힘과 할루스를 봉인한 힘이 비슷하니까. 그대가 각성해 준 덕분에 이렇게 이야기를 나눌 수 있게 된 거다. 치지직-)

그래, 그렇단 말이지?

하지만 그렇다고 해도 모든 궁금증이 풀리는 건 아니었다.

이민준은 고개를 갸웃하며 물었다.

"그동안 게임을 운용하고, 돈도 입금해 주고, 변호사에게 연락도 해 줬었잖아. 시스템은 무리 없이 움직였는데 그대가 제한을 받았다는 건 무슨 소리지?"

(그건 내 시스템 안에 존재하는 자동 프로그램이다. 내가 없어도 계속해서 작동된다. 그것이 절대자의 게임을 운영하고 있을 뿐, 난 계속해서 제한을 받고 있었다.)

그렇군.

그렇다면 이해할 만했다.

"당신이 전체 시스템을 관상하는 존재인가?"

(이전까진 그랬지.)

"지금은?"

(말한 것처럼 멸망이란 엇나간 프로그램 때문에 모든 것이 혼돈 속에 빠진 거다.)

혼란과 혼돈으로 모든 것이 망가진 후, 포맷되어 새롭게 만들어지는 세상.

 게임 속에서 만났던 멸망이 원했던 목표다.

 그자?

 아니, 그 프로그램은 지금 이민준과 이야기를 나누고 있는 D.O.D의 자리를 노리는 또 하나의 욕망이었으니까.

 궁금한 게 수백 가지는 되었다.

 어떻게 유저 유입이 금지된 상황에서 자신을 뽑은 건지.

 이 게임의 목적은 무엇인지.

 그리고 D.O.D의 정체는 무엇인지.

 알고 싶은 게 너무 많았다.

 그러자 D.O.D가 먼저 말했다.

 (치직- 치익- 인간들이 갖는 순수한 호기심을 나도 인정한다. 하지만 이. 민. 준, 지금은 그 모든 걸 이해시킬 시간이 없다.)

 '이 자식이 내 질문을 미리 막아서네.'

 쩝!

 아쉬운 생각이 들었다.

 그러자,

 (치익- 할루스가 말했던 것처럼 그대가 모든 과업을 완수하는 날, 치지직- 그대는 진실을 알게 될 것이다.)

 D.O.D가 아쉬워하지 말라는 듯 대답을 해 주었다.

 쳇! 치사해서 안 물어본다.

"좋아. D.O.D. 그렇다면 그 귀중한 시간을 쪼개서 날 찾아 온 이유를 좀 들어 볼까?"

(치지직- 그대는 합리적인 사람이다. 그 때문인지 다른 인간들과는 달리 대화하기가 정말 편하다. 치익-)

"입에 발린 말은 됐고, 본론이나 말해."

(치직- 역시 눈치가 빠르군.)

"와! 그런 건 속으로 생각하는 거야."

(치이익- 나는 거짓된 존재가 아니다.)

이 새끼가? 시간 없다고 중얼거린 건 자기면서?

(치익- 아아, 미안하다. 내가 그대를 찾아온 이유를 말해 주겠다. 치지직-)

D.O.D의 기운이 다시금 사무실 안에서 출렁였다. 그러고는 말했다.

(치이익- 그대는 할루스의 성지를 모두 활성화해야 한다.)

"그건 알아. 그래서 노력 중이고. 그런데 그 성지가 하는 역할이 뭐지?"

(치익- 쉽게 설명하사면 인간들이 사용히는 백신 프로그램이다. 물론 원론적으로 따지면 조금 복잡하긴 하지만, 전체적인 맥락은 비슷하다.)

그렇군.

결국 바이러스 같은 존재인 멸망을 영원히 박멸하기 위해서는 주신이 숨겨 놓은 백신 프로그램이 필요하다는 말이다.

그리고 지금 이민준이 하는 일은 그 백신을 가동하기 위한 스위치를 켜고 다니는 거고.

"근데 뭐야? 지금도 열심히 성지 활성화를 위해 뛰어다니고 있잖아."

(치직- 내가 하고 싶은 말은 그게 아니다. 그대가 마지막 성지 두 곳을 활성화하기 전에 꼭 해야 할 일이 있다는 걸 알려 주고 싶어서 온 거다.)

"뭘 또 해야 한다고?"

(천계에서 강한 에너지의 충돌이 일어났다. 그대가 지금 진행 중인 퀘스트야 상관없지만, 천계의 사태를 정리하지 않은 채로 마지막 두 개의 성지를 활성화하면 시스템이 과부하에 걸릴 거다.)

"그게 사실이야?"

(치익- 그렇다.)

이민준은 고개를 끄덕였다. 하마터면 열심히 활성화한 성지가 쓸모없어질 뻔한 거다.

"그걸 알려 주고 싶어서 힘겹게 나를 찾아왔다, 그거지?"

(맞다.)

"좋아. 당신 말대로라면 천계의 사태를 먼저 해결해야 한다, 그거잖아. 그럼 내가 어떻게 천계로 가야 하지?"

(지상에 내려온 천계의 여신을 찾아라. 그녀의 이름은 히

메인. 약속의 여신이다.)

히메인이라.

그녀의 이름을 게임 중 여러 번 들었던 기억이 있었다.

"어디서 찾아야 하는데?"

(치직- 그녀는 그대도 알고 있는 바리아슨 성 근처에 있다.)

"거기서 머물고 있는 건가?"

(거기서 길을 헤매고 있다.)

뭐라는 거야?

"내가 이번 퀘스트를 끝내는 데 시간이 걸릴 수도 있는데, 여신쯤이나 되는 존재가 설마 그때까지 거기서 길이나 헤매고 있을까?"

(치지직- 아마… 그럴 거다.)

이민준은 살짝 황당한 기분이 들었다.

하지만 절대자의 게임을 관장하는 D.O.D가 어렵게 찾아와서는 쓸데없는 이야기나 하지는 않을 것 아닌가?

(치이익- 나의 시간이 끝나 간다. 그러니 이. 민. 준, 부디 모든 파입을 이뤄 주길 바란다. 치지지-)

그래. 뭐, 안 그래도 하려던 일이야.

파슥- 파스슥-

사무실 전체가 다시금 깜빡이기 시작했다.

후욱- 후욱-

이민준은 그와 동시에 D.O.D의 기운이 서서히 약해져 가고 있음도 깨달을 수 있었다.

"이봐! D.O.D!"

(치직- 말하라, 인간이여.)

목소리는 상당히 약해진 상태였다.

"내게 주어진 과업을 완수하면 게임 속 유저들을 모두 살려 낼 수 있을까?"

(치지직- 그대가 어떻게 해결을 하느냐에 따라 다르다. 모든 건 그대에게 달린 문제다.)

술에 물을 탄 것처럼 이도 저도 아닌 어설픈 말이라니!

"아니, 그렇게 맹숭맹숭하게 대답하는 게 어딨어? 확실하게 대답을 해 주어야지!"

그렇게 묻는 순간이었다.

파스슥-

순간 방 안을 채우고 있던 온기가 사라졌다.

'이런!'

안타까운 일이었다.

하지만 다시 불러낼 수도 없는 거니까.

어쩔 수 없는 일이었다.

※ ※ ※

달그르륵-

마차는 여전히 소이엄 대륙을 달리고 있었다.

이민준은 고개를 돌려 소파에 잠들어 있는 아서베닝을 바라보았다.

"으음, 음."

때마침 잠에서 깨었는지 아서베닝이 눈을 떴다.

"어? 형."

이민준을 발견한 소년 드래곤이 밝은 미소를 지었다.

녀석은 마치 개운한 잠을 자고 일어난 사람처럼 혈색이 도는 얼굴이었다.

"그래, 베닝아. 몸은 좀 괜찮아?"

그러자 아서베닝이 만족스러운 미소로 대답했다.

"할루스의 영향이었던 것 같아요. 잠이 든 시간 동안 형이 말한 독감 같은 기운과 싸웠는데, 제가 이길 수 있도록 할루스의 기운이 도와줬어요."

"그래? 정말?"

"네. 저도 놀랐어요. 이 모든 게 형과 계약을 맺은 덕분이에요."

듣던 중 반가운 소리였다.

소이엄 대륙에 오자마자 계속해서 통증을 달고 있었으니까.

"잘됐다. 정말 잘됐어."

이민준은 아서베닝의 등을 쓸어 주었다.

그때였다.

끼이익-

크마시온이 브레이크를 당기자 마차가 서서히 멈춰 섰다. 그러고는 말했다.

"저깁니다. 저기가 다이온입니다."

뼈다귀 마법사가 손으로 가리킨 곳은 산세가 험악해 보이는 돌산이었다.

"저곳이 다이온이란 말이지?"

자리에서 일어선 이민준은 차가운 돌산을 무섭게 노려보았다.

제6장

무덤

온통 검은색으로 뒤덮인 산이었다.

자칫 먹구름이나 어둠에 휩싸인 배경처럼 보일 정도로 시커먼 그런 산.

'저기가 블랙 드래곤들의 고향이란 말이지?'

휘익- 탁-

크게 숨을 내뱉은 이민준은 마차에서 뛰어내렸다.

탁- 타닥-

그 뒤를 따라서 일행들이 마차에서 내렸다.

"오오! 저곳이 바로 다이온이군요."

카소돈이 떨리는 목소리로 한 말이었다.

"뭔가 위압감이 느껴져요."

"나도 그래, 루나야. 그렇다고 우리가 미리 겁먹을 필요는 없지 않을까?"

"맞아요. 저는 겁먹지 않아요, 에리네스 언니."

일행들이 하늘을 향해 치솟은 다이온을 바라보며 웅성거리고 있는 사이, 아서베닝이 이민준의 옆으로 다가왔다.

"저기예요. 제가 태어난 곳도 아니고 제가 알에서 깨어난 곳도 아니지만, 그래도 모든 블랙 드래곤의 고향은 바로 다이온이죠."

이민준은 아서베닝을 쳐다봤다.

녀석은 온통 검은색뿐인 다이온을 아련한 눈으로 바라보고 있었다.

물론 아서베닝의 마음을 100퍼센트 이해하는 건 아니었다.

이민준은 드래곤이 아니니까.

하지만 감성적으로는 어느 정도 녀석의 마음을 이해할 수 있을 것 같았다.

아서베닝은 할루스의 영역에서 태어난 블랙 드래곤이다.

그 때문에 녀석의 어머니와 외할아버지가 마계로 쫓겨났고, 아서베닝 또한 이곳과는 다른 대륙에 버려지기까지 했다.

어찌 보면 다시는 발을 들이고 싶지 않은 곳일 수도 있었다.

그런데도 이민준을 위해 이 자리에 서 있는 거다.

아서베닝의 마음이 복잡한 건 어쩌면 당연한 일인지도

몰랐다.

잠시 아서베닝과 함께 다이온을 응시하고 있을 때였다.

"너, 너 뭐 하는 거야?"

아서베닝이 놀랐다는 듯 소리를 쳤다.

물론 크게 화를 내거나 짜증을 내는 목소리는 아니었다. 그 때문이었던지 크게 긴장감이 느껴지지는 않았다.

'무슨 일이지?'

이민준은 고개를 돌렸다. 놀랍게도 루나가 아서베닝의 손을 잡고 있었다.

"넌 괜찮은 거니?"

마치 누나가 동생을 걱정하는 듯한 모습이었다.

그 모습이 어찌나 자연스러웠던지 아서베닝은 루나의 손을 뿌리치지 못한 채로 얼굴만 벌겋게 변해 있었다.

루나가 말했다.

"너무 걱정하지 마, 베닝. 내가 네 옆에 함께 있어 줄게."

"네, 네가 뭔데 내 옆에 있겠다는 거야?"

"나? 나는 너의 동료잖아."

"인간과 내가 어찌?"

아서베닝이 팔을 흔들어 루나의 손을 뿌리치려 했다.

하지만,

꽈악-

루나가 아서베닝의 손을 더욱 강하게 쥐었다.

"이, 이이! 너 정말……."

당연한 이야기지만 아서베닝이 루나의 손을 떨쳐 내려 했다면 마법을 사용하거나, 강하게 힘을 주는 걸로도 충분히 가능했으리라.

하지만 녀석은 그러지 않았다. 그게 루나에 대한 예의가 아니란 걸 알고 있는 거였다.

'어린 드래곤이 그 정도까지 인간을 배려한다고?'

이민준은 놀란 눈으로 아서베닝과 루나를 번갈아 쳐다봤다.

이 정도라면 아서베닝이 정말 많이 변했다고 봐도 무방할 터였다.

루나가 말했다.

"알아. 내가 별 볼 일 없는 인간이고, 넌 위대한 드래곤이니까. 내가 널 보호하고 싶어 한다고 해도 불가능한 일일지도 모르지. 하지만 그렇다고 해도 난 널 포기하지 않고 끝까지 보호할 거야."

"대체 네가 뭔데 날 보호하겠다는 거야? 네가 내 보호자라도 된다는 거야?"

"말했잖아. 난 네 동료고, 너의 일행이라고. 일행이라면 당연한 거야. 네가 위험해지면 난 목숨이라도 걸 거라고."

"너, 너어……."

아서베닝은 말을 잇지 못했다.

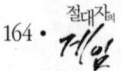

그 때문이었던지 잠시의 침묵이 일행들 사이를 휩쓸고 지나갔다.

루나의 행동이 과해서가 아니었다.

그녀의 말은 모든 일행의 마음이었고, 또한 이들이 함께 뭉쳐 다닐 수 있는 원동력이었으니까.

문제라면 이런 상황을 받아들이는 아서베닝이었다.

평소 같았으면 짜증을 내거나 화를 냈을 터였다.

드래곤은 그 어떤 종족보다도 개인적이고, 이기적인 존재니까.

하지만,

"아, 알았어. 알았으니까 이 손은 좀 놓자. 창피해서 내 비늘이 곤두서려고 하잖아."

마치 그런 루나의 마음을 받아들이겠다는 듯 부드럽게 대답을 했다.

"어? 어? 그래? 으흐흐! 알았어. 흐흐!"

루나가 진심으로 기쁘다는 듯 활짝 웃으며 아서베닝의 손을 놓아 주었다.

"흠! 흠흠! 인간들은 너무 감정적이야."

그러자 아직은 이런 분위기가 부담스럽다는 듯 아서베닝이 먼 산을 보며 마음을 가라앉혔다.

"흐흐흐! 멋지세요, 루나 님. 으흐흐! 베닝 님."

상황이 편하게 변했다고 판단한 크마시온이 눈치 없이 턱을 달그락거리며 다가왔다.

그러자,

"넌 뭐가 좋다고 그렇게 실실 웃고 다니는 거야? 어? 내가 창피당하니까 좋은 거냐? 어? 그런 거냐?"

부끄러움의 화살을 돌리고 있던 아서베닝이 제대로 목표를 정하고는 크마시온을 쏘아붙였다.

"히, 히끅! 그, 그런 건 아니고요, 베닝 님. 큼! 큼큼!"

"후후후! 이제 그만하고 백발 마녀의 꽃을 어떻게 얻어낼지에 대한 고민부터 하시지요."

잔잔한 눈으로 모두를 지켜보고 있던 카소돈이 상황을 정리해 주었다.

"일단은 다이온으로 갑시다. 그리고 여기서부터는 걸어가야겠죠?"

이민준은 앞으로 나섰다.

지금부터가 본 게임이다.

그렇기에 그 어느 때보다 더욱 긴장을 해야 했다.

선을 넘으면 드래곤의 영역이었고, 그곳에서라면 어떤 위험이 닥쳐도 이상할 게 없기 때문이었다.

다이온으로 들어선 순간부터 무거운 공기가 주변을 강하게 짓눌렀다.

드래곤들 중에서도 성질이 가장 포악하기로 유명한 게 바로 블랙 드래곤이었다.

실제로 마법의 힘이 지배하고 있는 건 아니었지만, 그런 사실만으로도 이렇게나 일행들이 긴장하고 있는 거였다.

이민준은 최대한 집중력을 끌어 올린 채로 만약의 사태에 대비했다.

혹여나 드래곤이 나타나서 공격할 수도 있으니까.

이민준은 일행들을 보호해야 한다는 책임감을 강하게 느끼고 있었다.

저걱- 저걱-

모두가 입을 굳게 닫은 채로 시커먼 산으로 향했다. 대략 10여 분 정도 걸으면 도착할 수 있을 것 같았다.

이민준은 카소돈에게 다가갔다.

"카소돈 님."

"아! 네! 한니발 님."

"아서베닝에게 물어보니 저 산으로 들어서는 입구, 그곳에서부터 문제가 된다는군요."

"그럴 겁니다. 다이온이라면 보통의 드래곤 레어하고는 비교도 되지 않을 만큼 막강한 결계가 작동하는 장소니까요."

이민준은 고개를 끄덕였다.

비록 어린 드래곤의 레어이긴 하지만 아서베닝의 레어에 침투를 했던 경험이 있었다.

문제라면 이곳은 블랙 드래곤들이 모여 사는 거대한 공동체 레어라는 거였다.

그렇기에 그들의 허락을 받지 않고는 입구조차 들어설 수가 없었다.

카소돈이 말했다.

"물론 현재 한니발 님이 가지신 힘이라면 그들의 결계를 무시한 채로 뚫고 들어가실 수는 있을 겁니다."

"그렇지만 그건 정말 큰 실례를 하는 거겠죠?"

"맞습니다. 전쟁 선포죠."

전쟁 선포.

아무리 신에 가까운 힘을 각성한 이민준이라고 해도, 수적으로 우세한 드래곤들과 싸우는 건 말이 되지 않았다.

천계와 마계에 각각 신이 있다면 그들과 대적할 만한 존재가 바로 지상계의 드래곤이었다.

드래곤은 그럴 만큼 강력한 존재들이다.

그런 블랙 드래곤 모두와 상대를 하라고?

그건 불가능에 가까운 일일지도 몰랐다.

고개를 흔든 이민준은 조심스럽게 말했다.

"카소돈 님은 방법이 있으시죠?"

"그렇습니다. 전에도 살짝 언급했었죠. 드래곤들이 주신을 싫어한다고는 해도 태초의 맹약을 어길 수는 없으니까요."

태초의 맹약.

세상이 만들어지던 당시, 신과 각 종족 간에 맺은 약속을 뜻했다.

그리고 그 맹약에 속한 것 중 하나가 바로 주신의 대리인이 드래곤의 땅을 방문하는 거였다.

"제가 스킬을 사용할 겁니다. 비록 저들이 기분 나빠 할 수는 있지만, 무작정 공격을 할 수는 없을 겁니다."

"태초의 맹약 때문에요?"

"그렇습니다. 태초의 맹약 때문이죠."

이민준은 고개를 끄덕였다.

적어도 드래곤들과 싸우지 않고 대면을 하는 것까지는 가능하다는 말이었다.

하지만 그 뒤에는?

'내가 주신의 대리인인데 당신들이 정말로 아끼는, 그러니까 천 년에 한 번 자란다는 그 소중한 꽃을 좀 가져가도 될까요?'라고 말해야 할까?

'흐음.'

마음이 편치는 않았다.

"아무래도 저 혼자서 가 봐야 할 것 같습니다."

"네, 네? 그게 무슨 말씀이십니까? 한니발 님."

"사실 소이엄 대륙으로 오면서 뭔가 좋은 방법이 떠오를 거라 믿었었습니다. 하지만 여기까지 와서 보니 일행들을 모두 지켜 낼 방법이 떠오르지 않더군요."

"아무리 그렇다고 해도 혼자 안으로 들어가시는 건 마음이 놓이지 않습니다."

"일행 전부를 데리고 들어가는 건 마음이 놓이고요?"

"후우! 아무래도 힘의 차이 때문이겠죠? 그게 부담스러우신 거죠?"

"그렇습니다. 일단 저를 저 안으로 들여보내 주세요. 그리고 문제가 생기면 하니아를 보내거나 텔레파시를 보내겠습니다. 아서베닝과 함께 달아나세요."

주신의 전사가 진지한 표정으로 한 말이었다.

이민준의 명령이라면 무조건 따라야 한다고 믿고 있는 카소돈이었기에 그는 더 이상 토를 달지 못했다.

다이온으로 들어서는 입구였다.

"하, 하지만 형."

"오, 오빠."

((흐어어.))

이민준의 뜻을 전달받은 일행들이 안타까운 표정으로 뭔가를 말하려 했다.

그런 일행들의 마음을 누구보다 잘 알고 있었기에 이민준은 진심이 담긴 표정으로 조심스레 말했다.

"다들 어떤 마음을 가졌는지는 제가 더 잘 알아요. 저도 깊게 생각을 했고, 어렵게 내린 결정입니다. 그러니 부디 제 뜻을 따라 줬으면 좋겠어요."

다른 사람도 아닌 이민준의 부탁이었다.

"한니발 님 또한 쉬운 결정을 하신 건 아닐 겁니다."

카소돈이 옹호를 했고,

"당신이 한 결정이라면 분명한 이유가 있을 거예요."

앨리스가 힘을 실어 주었다.

"그렇지만… 후우! 형, 만약 문제가 있다면 꼭 알려 줘야 해요."

"그래요, 오빠. 만약 오빠한테 무슨 일이라도 생긴다면 저는, 저는……."

루나는 말을 끝맺지 못한 채로 눈물을 글썽였다.

"아이고! 루나 님!"

그러자 크마시온이 루나에게 바짝 붙어 위로를 해 주었다.

물론 아서베닝도 움찔거리긴 했다. 아마도 루나를 위로해 주려 했던 모양이었다.

하지만 크마시온의 행동이 누구보다 빨랐기에 아서베닝은 살짝 눈을 흘겨 주는 걸로 마무리를 했다.

"그렇다면 이제 제 차례군요."

상황이 정리된 것을 확인한 카소돈이 앞으로 나섰다.

드래곤이 드나드는 곳인 만큼 다이온의 입구는 엄청나게 넓었다.

"이곳이 아무것도 없는 것처럼 보여도 사실은 강한 결계로 막힌 곳입니다."

주신의 사제답게 설명을 좋아하는 카소돈이 진지한 표정으로 말을 하며 손을 들어 올렸다.

"평소 같으면 이곳은 투명한 벽으로 막힌 것처럼 아무것도 통과하지 못할 겁니다. 바로 이렇게요."

카소돈은 결계로 막힌 걸 일행들에게 보여 주겠다는 것처럼 입구를 향해 양손을 힘차게 밀었다.

아마도 보이지 않는 벽에 부딪혀 자신의 중심이 잡힐 거라 믿었던 모양이었다.

하지만,

"어, 어?"

휘청-

앞에 막힌 것이 아무것도 없었던 듯 카소돈이 휘청이며 다이온의 입구 안으로 들어가고 말았다.

"뭐, 뭐야?"

"어? 어떻게 된 거지?"

일행들은 모두 놀랄 수밖에 없었다.

드래곤의 영역이다. 변치 않는 방어막이 막고 있어야 옳은 거다.

그런데 카소돈이 저렇게 안으로 쑥 들어가 버렸다고?

"대체 뭐야?"

아서베닝은 믿지 못하겠다는 듯 고개를 흔들며 성큼 앞으로 걸어 들어갔다.

그러고는,
저벅-
아무런 저항 없이 다이온 입구로 들어섰다.
"이, 이게 무슨?"
아서베닝이 황당한 표정으로 뒤를 돌아봤다.
"배닝, 뭐야? 어떻게 된 거야?"
"그, 그게, 형."
"어."
"없어요."
"뭐가?"
"다이온을 방어하고 있어야 할 기운이요."
"뭐?"
"뭔가가 사라진 기분이에요."
아서베닝은 울 것 같은 얼굴이었다.
대체 그게 무슨 의미기에 저런 표정을 짓는단 말인가?
이민준은 집중력을 높이며 다이온의 입구로 들어섰다.
'정말이구나!'
카소돈과 아서베닝이 그랬듯 이민준 또한 아무런 저항 없이 다이온의 입구로 들어선 거였다.
"그래? 그럼 나도."
"어라? 정말 아무것도 없는데?"
((흐어어!))

그리고 그 뒤를 따라 다른 일행들도 막힘없이 다이온의 입구로 들어섰다.

대체 이게 어떻게 된 걸까?

자각-

이민준은 긴장감을 늦추지 않은 채로 블랙 드래곤들의 고향인 다이온의 정상을 노려보았다.

산으로 올라가는 길은 입구의 크기만큼이나 넓었다.

'탱크 여러 대가 가로로 길게 늘어서도 충분히 지나가겠는걸?'

드래곤들이 다니는 길이니 어쩌면 당연한 건지도 몰랐다.

물론 문제점도 있을 거다.

길이 넓다는 건 방어에 취약하다는 소리니까.

"흐음."

이민준은 고개를 흔들었다.

'다이온이 공격을 받는다라······.'

그렇게 생각하니 우습기도 했다.

생각해 보라.

어떤 정신 나간 군대가 있어 드래곤을 잡겠다고 다이온을 공격하겠는가?

진심으로 드래곤을 사냥하고 싶다면 차라리 혼자 사는 드래곤의 레어를 공략하는 게 훨씬 수월할 거다.

다이온은 최소 400에서 600레벨을 고루 갖춘 블랙 드래곤 수백 마리가 득실거리는 곳이 아니던가?

신조차도 함부로 할 수 없는 존재가 바로 드래곤이다.

그런데 그런 드래곤들의 서식지 중에서도 가장 강력하다는 다이온을 공격한다고?

황당한 소리였다.

생각이 여기에까지 이르자 '굳이 그런 드래곤들이 침입자를 겁내며 방어에 치중할 필요가 있을까?' 하는 생각이 들기도 했다.

이민준은 고개를 끄덕였다.

어쩌면 결계가 없는 게 그다지 이상한 일이 아닐 수도 있었기 때문이다.

'이건 알아봐야겠는걸?'

그리고 그걸 확인하려면,

"베닝!"

"네? 형."

"그게 있잖아……."

역시나 드래곤인 아서베닝에게 묻는 게 정답일 듯싶었다.

이민준은 아서베닝에게 자신의 생각에 대해서 물었다.

입구에 결계가 없는 게 이상한 게 아닐지도 모른다는 취지에서 말이다.

하지만,

"우리 드래곤들은 한 번 정해 놓은 걸 쉽게 바꾸지 않아요. 한마디로 종족의 습성이죠. 레어에 있는 작은 돌의 위치, 풀이 자라는 방향도 유지하고 싶어 하니까요. 하물며 태초부터 유지된 입구의 결계를 아무렇지도 않게 바꿀까요."

그래?

그렇다고 들으니 아서베닝의 말대로 결계가 사라진 게 절대로 작은 일이 아니란 느낌이 들었다.

이민준은 다시금 고개를 끄덕였다.

아서베닝이 근심 가득한 표정을 짓고 있는 이유를 충분히 이해했으니 말이다.

재빠르게 머릿속 생각을 정리했다.

그러고 보니…….

설마 아서베닝이 소이엄에 도착하자마자 아팠던 이유가 바로 이것 때문은 아니었을까?

생각이 거기에까지 이르자 이민준은 살짝 불안감을 느꼈다.

그리고 이런 불안감을 해소하기 위해서는,

"모두 여기에 있어요. 아무래도 제가 먼저 올라가서 확인을 해 보는 게 좋겠어요."

직접 발로 뛰는 수밖에 없는 거다.

하지만,

"형!"

"한니발 님!"

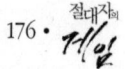

((흐어어!))

일행들이 이민준을 말렸다.

조금 전과는 달리 일행들도 적극적인 자세를 취하고 있는 거였다.

"오빠! 이렇게 혼자 가면 안 되는 거지!"

"맞아요! 맞습니다, 주인님."

이번엔 절대로 혼자 보내지 않겠다는 생각인 듯싶었다.

앨리스가 나섰다.

"한니발, 조금 전과는 상황이 달라졌어요. 이건 분명 뭔가가 잘못된 거예요. 여기까지 왔으니 행동을 같이하는 게 좋겠어요."

"하지만……."

"우리를 걱정하는 마음, 잘 알아요. 그렇지만 여기 있는 누구 하나 죽음을 결심하지 않은 사람은 없어요. 소이엄에 왔다는 건 그걸 다 인정했다는 말이고요."

앨리스의 말에 일행들이 의지를 다진 얼굴로 고개를 끄덕였다.

앨리스가 계속해서 말했다.

"당신에게 방해물이 되지 않을 거예요. 또한 그걸 위해서 우리 모두 열심히 레벨을 올렸고요."

"저 또한 같은 생각이에요, 형. 이번엔 물러서지 않겠어요."

이민준은 어금니를 꽉 깨문 채로 눈을 빛내고 있는 아서베닝을 쳐다봤다.

뭔지 모를 뭉클함이 가슴속을 휩쓸고 지나갔다.

"그래, 그래요. 알았어요. 대신 내가 앞장을 섭니다. 그리고 위에 올라가서는 무조건 저의 명령에 따라 주셔야 해요."

"그래요. 그렇게 할게요."

모든 준비가 끝난 거다.

그렇다면 망설일 이유가 있을까?

자각-

이민준은 일행들의 앞에 서서 길게 뻗은 길을 힘차게 걸었다.

입구에서 산의 중턱까지 오르는 데는 대략 두 시간 정도의 시간이 필요했다.

누구에게도 방해도 받지 않은 상태로 말이다.

'어째서 아무런 방해 기재도 나타나지 않는 거지?'

이민준은 다이온의 깊숙한 부분으로 들어서면서 더욱 큰 불안감을 느꼈다.

왜? 어째서? 아무것도 나타나지 않는 걸까?

설마 서식지를 옮기기라도 한 건 아닐까?

온통 복잡한 생각이 머릿속을 휘젓고 있을 때였다.

"저기요. 저기를 돌면 넓은 공터가 나올 거예요."

아서베닝이 엄청나게 커다란 벽으로 막힌 구석을 손으

로 가리켰다.

다이온은 마치 거인들이 사는 세상인 듯 모든 것이 큼직 큼직하기만 한 곳이었다.

뭐, 드래곤 입장에선 거인들도 난쟁이로 보이겠지만 말이다.

"그래? 그렇구나."

이민준은 살짝 미소를 지어 주었다.

비록 다이온에서 살아 본 적은 없었지만, 블랙 드래곤이라면 저절로 숨이 쉬어지는 것처럼 다이온의 구조 또한 자연스럽게 알게 되는 듯싶었다.

자각-

긴장을 늦추지 않은 채로 커다란 돌벽을 돌아섰을 때였다.

"아!"

"세상에!"

"이게 무슨?"

눈앞에 나타난 건 대략 도시 하나 정도가 들어서도 이상할 게 없을 정도의 공터였다.

물론 이민준을 포함한 일행들이 놀라서 소리를 지른 건 공터의 크기 때문은 아니었다.

털썩-

엄청난 충격을 받은 탓이었을까?

"베닝!"

아서베닝이 그만 그 자리에 주저앉고 말았다.

누가 예상이나 했을까?

폴리모프를 한 드래곤이 다리에 힘이 풀려 자리에 주저앉는다는 걸.

"베, 베닝 님!"

루나와 크마시온이 아서베닝을 챙겼다.

아프거나 몸에 문제가 생겨서 그런 게 아니란 걸 잘 알고 있었으니까.

녀석은 크게 충격을 받은 얼굴이었다.

"베닝, 괜찮아?"

이민준도 자세를 낮추어 아서베닝의 상태를 확인했다.

그러자,

"흐, 흐윽! 흐으윽! 이, 이건, 이건……."

녀석의 눈에서 굵은 눈물이 빗줄기처럼 쏟아져 내렸다.

이민준은 저도 모르게 입술을 깨물었다. 아서베닝의 고통이 느껴졌기 때문이었다.

"베, 베닝, 베니잉."

녀석의 얼굴을 바라보던 루나마저 눈물을 흘리기 시작했다.

어찌 그러지 않을 수 있을까?

지금 이 자리에 서 있는 모두가 알지 못할 충격과 슬픔, 그리고 두려움을 느끼고 있는 것을.

"흐, 흐으윽! 흐으으윽!"

아서베닝은 울음을 멈출 줄을 몰랐고,

와락-

"베닝, 베니잉."

아서베닝의 목을 끌어안은 루나도 주체할 수 없는 울음을 터트렸다.

평소 같았으면 자신을 끌어안은 루나를 밀쳐 냈을 아서베닝이었다.

하지만 지금은?

충격이 너무 컸던가, 아니면 진정으로 위로가 필요할지도 모른다는 생각이 들었다.

꽈득-

이민준은 강하게 주먹을 쥐었다. 그러고는 눈앞에 펼쳐진 광장을 천천히 훑어보았다.

'끔찍해.'

당연한 감정일 거다.

수십?

아니, 적어도 백 마리는 넘는 드래곤의 시체가 광장을 가득 채우고 있었다.

덩치가 큰 드래곤도 있었고, 아서베닝보다 덩치가 훨씬 작은 새끼 드래곤도 있었다.

'이건, 이곳은 드래곤의 무덤이 되었어.'

이민준은 두근거리는 심장을 최대한 제어하기 위해 호흡을 조절했다.

알지 못할 두려움이 느껴지기까지 했다.

"흐윽! 흐으윽! 흐으윽!"

더군다나 이런 끔찍한 장면을 저 어린 녀석에게 보여야 한다니.

이민준은 가슴이 찢어지는 기분이었다.

고개를 흔들었다.

아무리 상황이 이렇다고 해도 손을 놓고 있을 수는 없는 법.

머릿속으로 빠르게 상황을 정리하며 다음 행동을 옮기려 할 때였다.

자각-

"한니발 님."

카소돈이 침통한 표정으로 다가왔다.

"네, 카소돈 님."

"잠시 저랑 이야기를 좀 하셔야겠습니다."

이민준은 일행들을 둘러보았다.

루나와 크마시온, 그리고 에리네스가 아서베닝을 챙겨 주고 있었다.

고개를 돌린 이민준은 앨리스와 눈을 마주쳤다. 그러자 앨리스가 고개를 끄덕여 주었다.

이곳은 걱정하지 말라는 뜻이리라.

어느 순간부터인지는 모르지만 이민준이 없을 때면 앨리스가 일행들을 챙기고 있었다.

리더로서의 기질이 가득한 그녀다.

진심으로 든든하다는 생각이 들었다.

'그럼 부탁해요.'

앨리스에게 눈빛으로 뜻을 전달한 이민준은 카소돈과 함께 자리를 벗어났다.

일행으로부터 조금 떨어진 외딴 장소였다. 마주 선 카소돈이 입을 열었다.

"설마설마하는 마음이었습니다. 다이온의 입구에서 말입니다. 하지만 조금 전 드래곤들의 무덤을 보고 깨달았습니다."

크게 숨을 내뱉은 카소돈이 말을 이었다.

"멸망의 다음 단계."

"그게 뭡니까?"

"거대한 존재들이 쓰러질 것이다. 누구도 막을 수 없는 재앙으로. 그들을 쓰러트리는 건 결코 거대한 것이 아니다. 그들을 쓰러트리는 건 그들이 무시했던 작고 작은 존재일 테니 말이다."

"예언서의 구절입니까?"

이민준의 물음에 카소돈이 고개를 끄덕였다.

'그들이 무시했던 작고 작은 존재.'

이민준은 그 구절을 곱씹었다. 그러고는 말했다.

"설마 드래곤들을 죽인 게?"

"그렇습니다. 질병입니다."

황당한 기분이 들었다.

어찌 신에 대적할 만한 힘을 지닌 드래곤들이 질병에 걸려 죽을 수 있단 말인가?

그런 이민준의 생각을 읽었던지 카소돈이 진지한 표정으로 말했다.

"멸망은 이곳 세계뿐만 아니라 우주의 섭리를 깨우친 존재입니다. 그런 존재가 드래곤들의 면역 체계를 무너뜨릴 수 있는 무서운 병균을 우주에서 변형시켜 감염을 시킨 거겠지요."

이민준은 알지 못할 오싹함을 느꼈다.

'멸망의 모습은 여러 가지라더니……'

놈은 끔찍하다 못해 흉악하고 더러웠으며, 파렴치하기까지 했다.

꽈득-

다시금 강하게 주먹을 쥐었다. 주체할 수 없는 분노가 가슴속 깊은 곳에서 용솟음쳤기 때문이다.

그러다 문득 놈과 마주했던 사막이 떠올랐다.

하기야.

그때 놈을 막지 못했다면 가르디움 대륙 또한 이곳 다이온처럼 인간들의 거대한 무덤이 되었을 거다.

순간 저도 모를 소름이 온몸을 훑고 지나갔다.

절대로 만만하게 볼 놈이 아닌 거다.

그런데…….

이민준은 고개를 돌려 일행들이 있는 곳을 쳐다봤다.

그러자,

"베닝 군은 걱정하지 않아도 될 겁니다."

카소돈이 이민준의 뜻을 이해했다는 듯한 말이었다.

"베닝이에게 면역이 생겼다는 말씀인가요?"

"아시지 않습니까? 소이엄에 도착하자마자 알지 못할 병을 알았던 베닝 군입니다."

독감.

그래. 아서베닝은 소이엄에 도착한 순간부터 심한 독감에 걸려 힘들어했었다.

그리고 그 병을 이겨 낸 건?

이민준은 카소돈을 정면으로 쳐다보며 말했다.

"주신의 힘이 있었다면 블랙 드래곤들이 이렇게 죽지 않을 수도 있었겠군요."

"그렇습니다. 하지만 저들은 할루스 님의 힘을 거절했죠."

이민준은 고개를 끄덕였다.

아서베닝의 어릴 적 영상을 통해 분명하게 봤었으니까.

아서베닝의 어머니인 제가이르!

그녀는 종족의 미래를 위해 할루스와 접촉을 했고, 블랙 드래곤들이 금기시하는 할루스의 영역에서 아서베닝을 낳기까지 했었다.

"아!"

머릿속에서 여러 가지 정황이 순식간에 정리되는 순간이었다.

"베닝은, 베닝은 처음부터 블랙 드래곤들을 구할 수 있는 면역 체계를 가지고 있었군요."

"맞습니다. 하지만 저들이 베닝 군을 추방했지요."

이럴 수가.

이건 너무 끔찍한 이야기가 아닌가?

만약 아서베닝이 그 사실을 알게 된다면 지금 받은 충격보다 더 큰 충격을 받을지도 모른다는 생각이 들었다.

이민준은 입술을 잘근 씹었다.

아서베닝이 너무 불쌍했다.

아무리 자신을 버린 존재들이라고 해도 이곳에서 죽어 나간 블랙 드래곤들은 아서베닝의 동족이 아니던가?

"후우."

숨을 깊게 내쉰 이민준은 결심을 굳혔다.

상황이 아무리 이렇다고 해도 다이온에 온 이유는 분명했으니까.

"저라도 가서 백발 마녀의 꽃을 추출해 와야겠죠?"
"지금 상황에서 쉽지는 않으시겠지만, 그렇게 하셔야 합니다. 인류에게 똑같은 재앙이 닥치는 건 막으셔야 하니까요."
"알겠습니다."
고개를 끄덕인 이민준은 일행들이 있는 곳으로 향했다.

일행들이 있는 광장에 도착하자 앨리스가 눈짓으로 인사를 했다.
"크읍! 흐읍!"
울음이 잦아들긴 했지만 아서베닝은 여전히 슬픔에 빠져 있었다.
언제고 이런 기분을 느껴 본 적이 있었을까?
어쩌면 당연한 현상인지도 몰랐다.
이민준은 조심스럽게 루나에게 다가갔다.
백발 마녀의 꽃을 추출하기 위해선 루나의 스킬이 필요했으니 말이다.
루나를 조용히 빼내야겠다고 생각하며 그녀에게 다가갈 때였다.
자각-
놀랍게도 드래곤들의 시체가 있는 곳에서 무언가 움직이는 소리가 들렸다.
획-

무덤 • 187

이민준은 절대자의 자격을 불러일으키며 소리가 난 곳을 노려보았다.

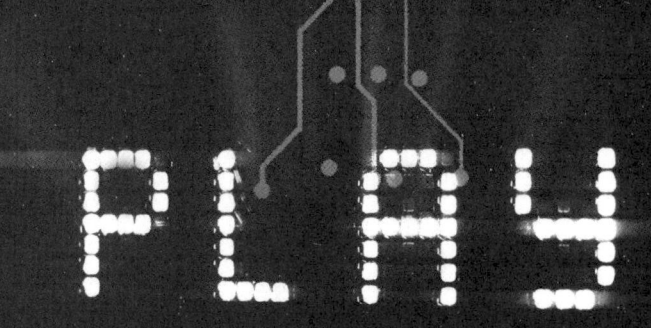

제7장

로드

쿠우우- 크르르-

"뭐, 뭐야?"

"세상에!"

소리가 난 곳에서 나타난 건 덩치가 작은 드래곤이었다.

대략 송아지 정도의 크기라고 해야 할까?

다른 드래곤들에 비해 덩치가 상당히 작은 것이 아마도 새끼 드래곤인 듯싶었다.

크르르-

더군다나 날개가 완전하게 펴지지 않은 걸로 봐서는 녀석의 나이가 상당히 어리다는 것 또한 직감할 수 있었다.

이민준은 경계를 풀지 않은 채로 드래곤을 살폈다.

"바, 바짝 말랐어."

"한참을 굶었나 봐요."

일행들이 말한 것처럼 새끼 드래곤은 한동안 먹을 걸 전혀 먹지 못했던 듯 갈비뼈가 드러날 정도로 앙상하게 말라 있었다.

그 때문이었을까?

저벅- 저벅-

꾸우우-

불쌍한 눈으로 일행들을 쳐다보며 다가오고 있는 새끼 드래곤은 처음 보는 사람들에 대한 경계심이 전혀 없어 보였다.

'불쌍해.'

쓰러질 것처럼 휘청이는 녀석을 보자 든 생각이었다.

자각-

이민준은 새끼 드래곤에게 다가가기 위해 발걸음을 뗐다. 뭐라도 챙겨 주고 싶은 마음에서였다.

그때였다.

척- 처적-

자리에 주저앉아 한참을 울던 아서베닝이 순간 울음을 뚝 그치며 일어섰다. 그러고는 빠른 걸음으로 새끼 드래곤에게 다가갔다.

멈칫-

이민준은 발걸음을 멈췄다.

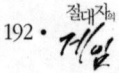

자신보다는 같은 동족인 아서베닝이 새끼 드래곤에게 접근하는 게 옳다고 생각했기 때문이다.

솔직한 심정이었다.

타닥-

새끼 드래곤에게 다가간 아서베닝이 손을 내밀었다.

그러자,

쿠우우-

녀석이 고개를 내밀어 아서베닝의 손을 슬쩍슬쩍 밀었다. 도와달라는 표시 같았다.

"대체 어떻게 된 거야?"

아서베닝은 안쓰러운 눈으로 새끼 드래곤을 살폈다.

녀석의 머리 위에 뜬 이름은 니리안이었다.

니리안의 상태를 점검한 아서베닝은 최대한 감정을 조절하며 마법을 사용했다.

니리안에게 힘을 주기 위해서였다.

화으윽-

잔잔한 파란빛이 아서베닝의 손에서 일었다. 그리고는 물결처럼 흔들리는 파란빛이 서서히 니리안의 몸을 감쌌다.

꾸우우- 크르르-

녀석은 그 빛이 편안했던지 조금 전보다 훨씬 안정된 모습이었다.

다행이었다.

니리안이 안정을 찾자 아서베닝이 서둘러 자신의 인벤토리에서 몬스터 알약을 꺼냈다.

시간이 날 때마다 몬스터들을 모아 만든 식용 알약이었다.

"자, 이거 먹어."

같은 드래곤이라는 걸 알기에 경계심을 완전히 허문 니리안이 서둘러 몬스터 알약을 삼켰다.

대체 얼마나 배가 고팠던 걸까?

이민준은 저도 모르게 가슴이 뭉클함을 느꼈다.

다이온에 도착해서 동족들의 무덤을 본 아서베닝이 충격을 받고 슬픔을 느꼈듯, 저 어린 생명도 꽤 긴 시간 동안 슬픔과 충격에 빠져 있었을 거다.

하지만 그런 시간도 어느 정도.

결국, 배고픔과 병마와 싸워야 하는 시간을 맞이한 거다.

자각-

"오빠."

가까이 다가온 루나가 이민준의 팔을 잡았다.

루나 또한 안쓰러움이 가득한 표정이었다.

왜 아닐까?

지금 아서베닝과 니리안을 바라보는 모든 일행의 마음은 동정심으로 가득 차 있을 것이다.

그렇다고 당장 뭔가를 해 줄 수 있는 건 아니니까.

이민준은 아서베닝이 니리안을 안정시킬 때까지 인내심

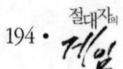

을 가지고 기다렸다.

 조금의 시간이 흐른 후였다.

 "형, 아무래도 생존한 드래곤들이 더 있는 거 같아요."

 "그래? 니리안이 말해 준 거야?"

 "아직 어려서 말을 할 순 없지만, 드래곤끼리 생각을 전달할 수는 있어요."

 "그렇구나. 그럼 어서 가 봐야지."

 이민준의 말에 일행들을 한 번 훑어본 아서베닝이 고개를 끄덕였다.

 "그래요. 알았어요. 같이 가요."

 말을 한 아서베닝이 마법을 사용해 니리안의 몸무게를 가볍게 만들었다.

 그러자,

 스슥-

 니리안의 몸이 공중에 둥실 떠올랐다.

 쿠우우-

 지치고 힘든 니리안을 위한 아시베닝의 배려였다.

 다이온 산의 정상으로 향하며 드래곤의 무덤인 넓은 광장을 두어 번 더 지나쳐야 했다.

 그리고 그럴 때마다 백여 마리의 드래곤 시체를 지나가야 하기도 했다.

거대한 존재들의 쓸쓸한 무덤.

그런 현장을 두 눈으로 목격한다는 건 정말 끔찍한 일이었다.

하지만 이미 한 번 겪은 일이니까.

아서베닝도 최대한 감정을 조절하며 슬픈 감정에 빠지지 않기 위해 노력하고 있었다.

그렇게 걸으며 세 번째 무덤을 지나쳤을 때였다.

"베닝, 괜찮은 거야?"

"신경을 안 쓴다면 거짓말이겠죠. 동족들이 거의 멸족 수준에 다다랐으니까요. 하지만 최대한 노력하고 있어요."

이민준은 고개를 끄덕였다.

이런 기분을 어떻게 이해할 수 있을까?

상상조차 가지 않는 거였다.

하지만 그렇다고 해도 모든 걸 무시할 수는 없는 거니까.

조심스럽게 물었다.

"니리안은 어때? 저 아이도 면역이 생긴 거야?"

스슥-

공중에 뜬 채로 잠이 든 니리안의 모습을 살핀 아서베닝이 고개를 흔들었다.

"그렇다면 질병에 걸려 있다는 거야?"

"네."

질병에 걸렸다면 대체 어떻게 지금까지 살아 있는 걸까?

다른 드래곤들은 다 죽었는데 말이다.

나이가 어려서 그런 건가?

그렇게 생각하는 사이, 이민준의 표정에서 의문을 읽은 아서베닝이 씁쓸한 표정으로 입을 열었다.

"질병에 걸린 다른 드래곤들이 멸족을 막기 위해 모든 힘을 합쳤었대요. 그래서 니리안 같은 어린 드래곤 50마리를 한방에 가두고 최대한 질병을 늦추는 마법을 사용한 거죠."

수백 마리의 드래곤이 마나를 합쳐서 사용한 마법이란 뜻이었다.

그리고 그런 강력한 마법이 고작 50마리의 어린 드래곤들을 잠시간 보호하는 것뿐이었던 거고 말이다.

치료도 아닌 질병의 진행을 지연시키는 마법.

대체 얼마나 강력한 질병이기에 그런 걸까?

"그런데 저 아이는 어떻게 밖으로 나온 거야?"

"배고픔에 지쳐서 몸부림치다가 동굴을 벗어난 거 같아요."

"그렇구나. 흐음."

동족의 죽음과 기아에 허덕이는 드래곤이라니.

생각할수록 마음이 편치 않았다.

그건 그렇고,

"치료는 못해도 질병을 늦춘다라……."

또 다른 궁금증이 생겼다. 그러자 아서베닝이 말해 주었다.

"그래요. 혹시 모를 구원자가 올 수도 있다는 믿음 때문이었겠죠."

"그것도 니리안의 생각에서 읽은 거야?"

"맞아요."

아서베닝의 표정은 조금 전보다 훨씬 더 어두워 보였다.

왜 아닐까?

아서베닝 또한 느끼고 있는 거다.

블랙 드래곤들이 기다리고 있던 구원자가 바로 자신이라는 것을.

"너도 모르고 있었잖아. 다이온에서 이런 일이 벌어질 거라는 걸 말이야."

"저는 드래곤이에요. 제가 알았었어야 했어요. 조금 더 강하게 성장했다면, 바보같이 산에 갇혀 살지 않았다면 충분히 정보를 얻었을 거고, 종족들을 구원할 수 있었을 거예요."

두 주먹을 굳게 쥔 아서베닝의 손이 부들부들 떨렸다.

종족들이 당한 재앙에 대한 분노와 자신이 제 역할을 하지 못했다는 자괴감 때문일 것이다.

'그건 네 잘못이 아니야, 베닝.'

이민준은 그걸 분명하게 말해 주고 싶었다.

하지만 그러지를 못했다. 녀석이 너무 깊게 생각하고 있었기 때문이다.

터덕-

그러는 사이, 커다란 동굴이 일행의 앞을 가로막았다.

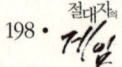

'여기구나.'

이민준은 이곳이 예전 아서베닝의 영상에서 봤었던 거대한 회랑이 있는 동굴임을 알 수 있었다.

드래곤 로드인 시일론이 알 상태였던 아서베닝을 죽이려 한 바로 그 동굴 말이다.

그때였다.

"크마시온."

순간 표정을 바꾼 아서베닝이 크마시온을 불렀다.

"예, 예? 베닝 님!"

잔뜩 긴장한 크마시온이 턱을 달그락거리며 뛰어왔다.

그러자,

부스럭-

인벤토리에서 몬스터 압축 알약을 한 움큼 꺼낸 아서베닝이 크마시온에게 내밀었다.

"이, 이걸 왜 저에게……."

"일단 받아. 그리고 내가 신호하면 어린 드래곤들에게 달려가서 이걸 먹여."

"제, 제가요?"

크마시온의 눈알이 흔들렸다.

누구보다 드래곤을 두려워하는 녀석이라 그럴 것이다.

아서베닝 또한 그걸 잘 알고 있었던지 놀랍게도 부드러운 목소리로 말을 해 주었다.

"날 위해 해 줄 수 있지?"

이렇게나 따스한 분위기로 말을 해 주다니!

화들짝 놀란 크마시온이 서둘러 대답을 했다.

"다, 당연하죠! 베닝 님을 위해서라면 제가 그 정도도 못 하겠습니까?"

"부탁할게."

종족의 미래와 관련된 문제라서 그런 걸까?

이민준이 아닌 다른 이에게 이렇게까지 부드러운 아서베닝의 모습은 처음이었다.

감동하였던지 크마시온이 떨리는 목소리로 대답했다.

"마, 맡겨만 주십시오! 확실하게 해내겠습니다."

"그리고 아기들의 체력이 많이 약해져 있을 거야. 소화를 도와주는 마법과 안정을 주는 마법을 같이 사용해. 여기 니리안이 같이 갈 거니까 걱정하지 말고. 자연스럽게 널 받아 줄 거야. 부탁할게."

꾸우우-

어느새 잠에서 깬 니리안이 크마시온에게 다가와 머리를 디밀었다.

니리안 또한 아서베닝이 뜻한 바를 알아챈 것 같았다.

"그, 그럼요. 문제없습니다."

알약을 받은 손이 살짝 떨리긴 했지만 크마시온은 결심을 굳힌 모습이었다.

그런 크마시온에게 고개를 끄덕여 준 아서베닝이 다시금 시선을 돌려 일행들에게 말했다.

"여기서부턴 저와 크마시온, 그리고 니리안만 움직일게요."

"왜요? 같이 가야죠."

"그래. 맞아, 베닝. 우리 다 같이 가야지."

아서베닝의 말에 일행들이 걱정스러운 얼굴로 나섰다.

하지만,

'뭔가 있구나.'

이민준은 아서베닝의 행동에서 미묘한 감정을 느낄 수 있었다.

척-

아서베닝이 말을 하려는 찰나, 이민준이 먼저 손을 들어 올리며 나섰다.

"아무래도 이번엔 베닝이의 의견을 존중해 줘야 할 것 같아요."

다른 사람도 아닌 이민준의 말이었다.

뭔가 불만을 토로히려던 일행들이 그만 입을 다물며 뒤로 물러섰다.

그걸 확인한 이민준은 다시금 뒤로 돌아 아서베닝에게 말했다.

"다른 사람들은 몰라도 나는 안 돼. 난 너와 같이 들어갈 거야."

"아셨어요?"

"그래. 저 동굴 안에는 어린 드래곤들만 있는 게 아닌 거지? 네가 두려워하는 그 존재도 같이 있는 거잖아."

이민준의 말에 멈칫한 아서베닝이 잠시 뜸을 들였다.

"나한테까지 속일 이유는 없잖아, 베닝아."

"형 말이 맞아요. 그리고 일행들이 여기 남기를 원한 건 시일론이 일행들에게 해를 끼치지 않는다는 보장이 없어서기도 하고요."

자식. 이젠 제법 일행들을 걱정할 줄도 알고.

많이 성장했다는 생각이 들었다.

"그래. 그러니까 나랑 같이 들어가. 문제가 있더라도 나 정도면 충분히 대처할 수 있잖아."

잠시 이민준의 얼굴을 바라본 아서베닝이 결심했다는 듯 고개를 끄덕였다.

"고마워요, 형. 형은 언제나 저에게 큰 힘이 되어 주는 거 같아요."

"짜식."

이젠 제법 기특한 말도 할 줄 아는 녀석이 된 거다.

이민준은 일행들을 돌아보며 말했다.

"이번만큼은 서운해하지 마세요. 시일론이 인간들을 싫어하니 어쩔 수 없는 선택입니다."

"그래요. 알았어요. 몸조심해요, 한니발."

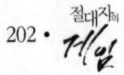

"오빠, 베닝, 아무 일 없이 안전하게 있다가 나와야 해."
일행들 모두가 진심으로 걱정해 주었다.
그저 고마울 따름이었다.
기아와 질병으로 허덕이는 아기 드래곤들이 기다리고 있었다. 시간을 끌어 좋은 건 아무것도 없었다.
"서두르자, 베닝."
"그래요, 형. 그리고 크마시온은 니리안 옆에 꼭 붙어서 따라오고."
"아, 알겠습니다."
꾸우우-
"가자."
이민준은 아서베닝과 함께 동굴 안으로 들어섰다.

예상했던 대로 동굴은 엄청나게 컸다.
입구와 마찬가지로 덩치가 커다란 드래곤들이 드나드는 곳이라 그런 것이리라.
이민준은 안쪽을 향하며 물었다.
"시일론은 괜찮은 걸까?"
그러자 아서베닝이 고개를 흔들며 대답했다.
"아니요. 로드 시일론도 분명 질병에 걸렸어요."
"그럼 시일론이 지금까지 살아 있는 것도 여기 아기 드래곤들과 같은 이유인 거야?"

"누군가 보호자는 필요했을 테니까요."

이민준은 고개를 끄덕였다.

그리고 니리안이 바깥으로 나온 걸 보고 유추를 해 보자면 시일론 또한 서서히 죽어 가고 있다는 결론이 나오기도 했다.

"시일론도 거의 죽어 가고 있다고 봐야겠지?"

이민준의 물음에 아서베닝이 푹 가라앉은 목소리로 대답했다.

"그럴 거예요. 하지만 그렇다고 안심을 해서는 안 돼요. 그는 드래곤 로드예요. 아무리 죽어 가고 있다고 해도 강한 마법은 여전할 거예요."

대화하는 사이, 어느덧 동굴을 지나 엄청난 크기의 회랑이 눈앞에 펼쳐졌다.

그리고 그와 함께 느껴지는 거대한 기운.

크르르르-

다름 아닌 드래곤 로드 시일론의 기운이었다.

크르르-

시일론의 숨소리가 낮은 으르렁거림처럼 회랑 전체를 울리고 있었다.

멈칫-

그 소리 때문이었던지 아서베닝이 찬물을 얻어맞은 것처

럼 딱딱하게 굳은 자세로 서고 말았다.

이민준은 걱정스러운 마음으로 아서베닝을 살폈다.

녀석의 표정은 상당히 경직되어 있었다.

왜 아니겠는가?

알 상태였던 아서베닝을 죽이려 했던 로드 시일론이다.

다시는 마주하고 싶지 않았던 존재.

두려움보다 더욱 두려운 죽음과도 같은 드래곤 로드.

아서베닝은 지금 그런 로드 시일론과의 조우를 겁내고 있는 거였다.

'흐음.'

이민준은 고개를 끄덕였다.

아서베닝이 겪은 일을 생각해 보면 당연한 일일지도 몰랐다. 그렇기에 녀석을 부추기기보단 다독여 줄 필요가 있었다.

"괜찮아?"

이민준은 따스한 손으로 아서베닝의 등을 쓸어 주었다. 은은한 주신의 기운으로 힘을 북돋아 주기 위함이었다.

"네? 아, 네. 괜찮아요."

그제야 정신을 차렸다는 듯 아서베닝이 크게 숨을 내뱉으며 고개를 끄덕였다.

'그래. 그렇게 힘을 내야지.'

어떻게 보면 별거 아닌 문제일 수도 있었다.

시일론이 아무리 고레벨의 드래곤 로드라고 해도, 그 또한 질병으로 죽어 가고 있지 않은가?

지금 상황으로 봐서는 아서베닝이 시일론에게 공격을 당할 걱정은 조금도 없어 보였다.

더군다나 신에 가까운 힘을 각성한 자신이 옆에서 아서베닝을 보호하는 중이었다.

'어디 감히 우리 베닝이를!'

하지만 그럼에도 아서베닝이 겁을 먹고 있는 건, 어린 시절 머릿속에 박힌 시일론에 대한 강박관념이 그만큼 강하기 때문일 것이다.

절대적인 두려움.

자신의 생명을 좌우지할 수 있는 거대한 존재에 대한 공포.

그 당시에 경험한 트라우마가 아서베닝의 발걸음을 무겁게 만들고 있는 거였다.

이민준은 아서베닝을 쳐다봤다.

아무리 그렇다고 해도 이렇게 망설이고만 있을 수는 없는 거니까.

"형."

눈빛을 느꼈던지 아서베닝 또한 걱정 가득한 얼굴로 이민준을 쳐다봤다.

이민준은 동생에게 살포시 미소 지어 주었다.

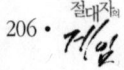

괜찮아.

내가 옆에 있잖아.

아무 일 없을 거야.

말을 하진 않았다.

그러나 분명 그런 뜻을 담아 녀석을 쳐다본 거다.

그런 이민준의 마음이 전달된 걸까?

"후우! 알았어요. 힘을 낼게요."

크게 숨을 내뱉은 아서베닝이 결심을 굳힌 표정으로 발걸음을 뗐다.

그때였다.

《아서베닝.》

낮고 굵은 목소리가 회랑 전체를 울렸다.

멈칫-

그리고 그 때문이었는지 아서베닝이 다시금 발걸음을 멈췄다.

하지만,

《걱정할 것 없다, 아서베닝. 나는 너를 해할 마음이 없다. 그리고…….》

크르르-

잠시 뜸을 들인 시일론이 계속해서 말을 이었다.

《같이 들어온 할루스의 종과 리치, 그들 또한 해할 마음이 없다. 아니, 그럴 힘이 없다고 말하는 게 옳겠지.》

놀랍게도 시일론은 자존심을 구겨 가며 사실을 말하고 있었다.

역시.

비록 마법으로 내는 목소리였음에도 이민준은 현재 시일론의 상태를 어느 정도 짐작할 수 있었다.

《이리로 오게나, 아서베닝, 그리고 방문자들이여. 그대들이 바라보고 있는 그 방향 그대로 걸어오면 된다네.》

회랑은 전체의 크기를 가늠하기도 힘들 정도로 거대한 모습이었다.

하지만 아무리 그렇다고 해도 회랑의 중앙이 어디인지는 분명하게 알 수 있으니까.

이민준은 아서베닝과 함께 시일론이 말한 정면을 향해 걸었다.

자각- 자각-

그리고 그 뒤를 크마시온과 니리안이 따랐다.

몇 걸음이나 걸었을까?

스윽-

마치 투명한 젤리를 통과하는 기분이 들었다.

위화감은 없었다.

위험하다는 느낌도 들지 않았다.

물론 그렇다고 해도 무턱대고 안심을 할 수는 없는 거니까.

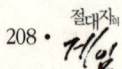

이민준은 언제든 절대자의 자격을 사용할 수 있도록 준비를 하면서 전방을 노려보았다.

 그때였다.

 화아악-

 투명한 막을 지났다고 생각함과 동시에 주변이 바뀌었다.

 아마도 회랑에 들어선 이들의 시선을 분산시키는 마법이 걸려 있었던 듯싶었다.

 그리고 그 생각이 맞았던 듯,

 크르르-

 흠칫-

 아서베닝과는 비교도 되지 않을 만큼 거대한 덩치를 가진 드래곤이 갑작스럽게 모습을 드러내며 시야에 들어왔다.

 시일론.

 그가 말하지 않아도 이민준은 눈앞에 있는 위대한 존재, 블랙 드래곤 로드 시일론을 알아볼 수 있었다.

 크르르-

 그는 길고 커다란 몸을 바닥에 대고 있었다.

 머리를 들 힘조차 없었던 듯 바닥에 건물보다 더 큰 머리를 내려놓은 채로 말이다.

 《이리로, 이리로 다가오게나.》

 시일론이 지친 목소리로 말한 거였다.

 저걱- 저걱-

이민준은 어깨를 편 채로 당당하게 걸었고, 아서베닝은 양 주먹을 굳게 쥔 채로 걸었다.
 그리고,
 달그락- 달그락-
 크마시온은 당장에라도 밖으로 뛰쳐나가고 싶어 하는 모습이기도 했다.
 《리치, 저자가 가지고 있는 것으로 아이들을 먹일 생각이었는가?》
 시일론의 물음에 다시금 숨을 내뱉은 아서베닝이 고개를 끄덕이며 대답했다.
 "니리안에게 들었습니다. 모두가 오랜 기간 굶었다고요."
 《그래. 그랬지. 내 책임이다. 그래서 미안할 따름이고.》
 크르르-
 시일론이 눈을 깜빡이자,
 후욱-
 마법이 일어나며 옆쪽으로 빛이 들어왔다.
 쿠르르- 꾸우우- 크으으-
 그리고 그곳에는 수십 마리의 새끼 드래곤들이 힘겨운 모습으로 서로 뭉쳐 있었다.
 《아기들을 먼저 구하는 게 우선이겠지. 아서베닝, 그대가 하려던 일을 해라.》
 끄덕-

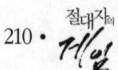

"크마시온, 서둘러 줘. 아기들을, 아이들을 돌봐 줘."
"그, 그렇게 하겠습니다, 베닝 님."

달달달-

비록 위협적인 분위기는 아니었지만, 드래곤을 두려워하는 마법사의 태생적 문제였던지 크마시온은 몸을 덜덜 떨면서 니리안과 함께 새끼 드래곤들에게 향했다.

아픈 몸으로 한참을 굶은 새끼 드래곤들이다.

꾸우우- 쿠우우- 크르르-

대략 니리안과 비슷한 덩치의 드래곤들이 먹을 것을 가져온 아서베닝을 둘러싸기 시작했다.

"히, 히끅! 하, 한 분씩이요. 한 분씩 처, 천천히, 히끅!"

그렇게 두려운 와중에도 크마시온은 자신에게 주어진 일을 하나하나 처리했다.

다행이었다. 아무리 겁을 먹었다고 해도 크마시온은 지존에 가까운 마법사이니 말이다.

후욱- 화옥-

크마시온은 자신의 마법을 최대한 이용해 힘들고 지친 새끼 드래곤들을 안정시키며 몬스터 알약을 먹여 주었다.

그렇다면 된 거다.

일단 아기들을 안정시킬 수 있으니.

그리고 모두가 같은 생각이었던지 시일론과 아서베닝, 그리고 이민준은 무거운 분위기로 서로를 쳐다봤다.

<u>크르르-</u>

먼저 말을 꺼낸 건 시일론이었다.

《아서베닝, 네가 가진 나에 대한 공포, 두려움, 그리고 분노를 나는 느낄 수 있다.》

이민준은 조심스럽게 아서베닝을 살폈다.

겁을 먹진 않았을까?

혹은 또다시 울음을 터트리지는 않을까?

그것도 아니라면 시일론에게 화라도 내려 하는 걸까?

여러 가지 복잡한 생각이 들었지만, 다행히도 아서베닝은 모든 압박을 굳건하게 견뎌 내는 모습이었다.

《염치가 없다는 것도 알고 있다. 너와 제가이르, 그리고 카이악스를 쫓아낸 건 바로 나니까.》

이민준은 고개를 끄덕였다.

시일론도 알고 있는 거다.

아서베닝의 어머니인 제가이르가 이런 상황을 막기 위해 노력을 했었다는 걸.

하지만 당시의 시일론은 그런 제가이르의 노력을 인정하지 않았었다.

아니, 오히려 화를 내고 내쫓았었다.

당시의 시일론은 절대로 할루스를 인정하지 않았으니까.

모든 종족이 힘을 합쳐 주신을 봉인하려 했으니 말이다.

《내가 저지른 죄가 크다. 내 모든 실수와 잘못으로 인해 너무 많은 죽음과 너무 많은 고통이 주어졌다. 그리고 그런 죄책감이 지금도 나의 마나 하트를 옥죄고 있다.》

크드등-

드래곤 로드의 슬픔과 회한.

직접 말하지 않아도 이곳은 시일론의 공간이니까.

이민준은 물론 아서베닝 또한 그걸 명확하게 느낄 수 있었다.

보지 않았던가?

블랙 드래곤 수백 마리가 뭉쳐서 죽어 있던 그 끔찍한 무덤을.

《용서를 받고 싶은 마음도, 용서해 달라는 염치도 내겐 없다. 아서베닝, 내가 그대를 쫓아낸 걸 알고 있다. 그렇기에 그대는 우리 종족에 대한 의무가 없다.》

크르르-

시일론의 아픈 마음이 다시금 회랑 전체를 휘감았다.

종족을 보호하지 못한 왕의 슬픔.

자신의 실수로 끔찍한 일이 벌어졌다는 자책감.

시일론은 씻을 수 없는 처참한 고통을 느끼고 있는 거였다.

《하지만, 하지만 아서베닝, 죄를 지은 로드로서, 그대에게 고통을 준 드래곤으로서 부탁을 하고 싶다. 날 욕하고 벌해도 상관없다. 하지만 이것만은 꼭 들어줬으면 좋겠다.》

잠시 말을 끊은 시일론이 망설이는 사이, 표정이 바뀐 아서베닝이 앞으로 나섰다.

아서베닝은 그 어느 때보다 담담하고 대담한 표정이었다.

"드래곤 로드시여, 그대가 무엇을 말하려 하는지, 어떤 감정에 관해서 이야기하려는지는 저 또한 잘 알고 있습니다."

《아서베닝?》

"당신이 말한 건 틀렸습니다. 저는 혼자가 되었던 그 순간부터 지금까지 한 번도 블랙 드래곤이 아니었던 적이 없습니다. 당신이 나를 쫓아냈다고 해서, 그리고 우리 종족이 저를 내쳤다고 해도 저는 절대로 생각을 달리한 적이 없으니까요."

크르르-

회랑 전체에 커다란 감정이 출렁였다.

놀라움, 미안함, 당혹스러움, 그리고 부끄러움.

아서베닝이 시일론을 꾸짖거나 원망을 할 수도 있었다.

하지만 녀석은 오히려 그런 감정을 뛰어넘어 진정한 드래곤으로서의 거대한 그릇을 가지게 된 거였다.

그 때문일까? 시일론이 부끄러움을 느끼고, 창피함을 느끼는 것이?

아서베닝은 시일론이 생각하는 것보다 더욱 위대한 드래곤이 되었고, 거대한 존재가 된 것이다.

《내가 그대에게 무슨, 무슨 말을 할 수 있겠는가?》

"그런 고민은 모두를 살린 후에 해도 상관없습니다. 부끄럽고 창피한 감정보다 지금은 저 아이들을 살리는 게 우선이 아닙니까? 우리의 미래를 걱정해야 하지 않습니까?"

우리의 미래.

블랙 드래곤의 미래!

크르릉-

거대한 감동이 강하게 쏟아져 내리는 소나기처럼 회랑 전체를 휘감았다.

하지만 그것도 잠시.

시일론 또한 아서베닝의 말에 전적으로 공감했기에 그는 서둘러 감정을 쓸어 담았다.

《고맙다, 아서베닝.》

"말씀해 주십시오, 로드여. 어떻게 해야 저 아이들을 살릴 수 있습니까?"

《제가이르가 필요하다.》

"어, 어머니가요?"

《그대가 가진 면역력으로 저 아이들을 치료하려면 제가이르의 스킬이 있어야 한다.》

"하, 하지만 어머니는 마계로 쫓겨나지 않았습니까?"

《염치가 없고, 미안하기만 할 뿐이다. 그리고 그대들 모두 시간에 쫓기고 있다는 것도 알고 있다.》

크르르-

잠시 숨을 고른 시일론이 눈동자를 돌려 이민준을 쳐다 봤다.

《주신의 전사, 그대가 도와준다면 단 이틀, 이틀 만에 제 가이르와 카이악스를 데려올 수 있다.》

이틀, 이틀이라고?

이민준은 자신의 시선에 들어온 멸망까지 남은 날짜를 확인했다.

D-28일.

아직은 조금의 여유가 있는 시간이었다.

스슥-

그러고는 고개를 돌려 아서베닝의 표정을 살폈다.

감정이 복잡하게 휘몰아치고 있는 얼굴이었다.

태어난 이후 생이별을 한 어머니와 외할아버지를 만나는 일이다.

그런 아서베닝을 위해서 고작 이틀을 소모하지 못할까?

"제가 할 수 있는 일이라면 돕겠습니다, 드래곤 로드여."

"혀, 형."

꽈악-

이민준은 뭔가를 말하려는 아서베닝의 어깨를 힘 있게 잡아 주었다.

걱정하지 마.

널 위한 일인데 뭐든 못하겠냐?

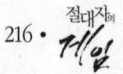

그런 이민준의 얼굴을 살핀 아서베닝이 입을 다물며 고개를 돌렸다.

커다란 감정이 마음속을 요동치고 있었기 때문이다.

하마터면 울음을 터트릴 뻔했다.

'아니야. 난 절대로 울지 않을 거야.'

하지만 난 드래곤인걸!

더 이상은 약한 모습을 보이고 싶지 않았다.

그렇게 결심한 아서베닝은 입술을 꽉 깨물어 감정을 조정했다.

크르르-

시일론은 모든 것이 결정되었음을 확신했다.

마법으로 보호를 받고 있는 아기들은 아직 보름 정도를 더 견딜 수 있다.

그렇다면 이젠 모든 걸 아서베닝에게 맡기는 수밖에.

자신이 할 수 있는 최선은 그게 끝이었다.

《아서베닝.》

"말씀하십시오, 로드시어."

《나는 내가 지은 죄를 알기에 별이 되기를 포기할 것이다.》

"하, 하지만 로드!"

《조상님들을 뵐 면목이 없구나.》

"그, 그게 무슨 말씀입니까?"

《내가 견딜 수 있는 시간은 여기까지다. 그대는 그대가 받게 될 권능으로 제가이르와 카이악스의 추방을 철회할 수 있다. 그리고 그들이 어디에 있는지도 알게 될 거고.》

"대, 대체 무슨 말씀을 하시려는지 모르겠습니다."

《아니, 그대는 알고 있다. 그대는 왕족이다. 그대의 어머니와 그대의 외할아버지처럼. 그리고 우리가 오랜 기간 지켜 왔던 전통에 따라 나의 마지막 숨과 함께 그대에게 로드직을 물려주는 바이다.》

"무, 무슨?"

아서베닝이 뭔가를 말하려던 찰나였다.

크르르- 후욱-

시일론의 마지막 숨이 뿜어졌고,

파스스- 화으윽-

그와 동시에 강력한 빛이 아서베닝의 몸을 감쌌다.

제8장

마계

 공간을 가득 메우고 있는 건 200년을 넘게 살면서 한 번도 느껴 본 적이 없는 강력한 자극이었다.
 그 때문이었을까?
 두근-
 원초적인 두려움이 아서베닝의 몸을 휘감았다.
 '조심해야 한다!'
 누군가 말을 해 줘서 아는 건 아니었다.
 이런 경고는 본능과도 같은 거니까.
 쿠웅- 쿠웅-
 마나 하트가 빠르게 두근거렸고, 머리가 어지러울 정도의 공포가 숨통을 조여 왔다.

하지만,

'나는, 나는 겁먹지 않을 거야.'

콰우우-

아서베닝은 홍수와도 같은 공포에 휩쓸리지 않기 위해 최대한 중심을 잡으며 주변을 둘러보았다.

쫘슥- 쫘스슥-

눈부신 빛으로 가득 찬 공간에서 불안한 반응이 일었다.

'집중해야 해.'

조금 전까지만 해도 로드의 회랑에 있었던 걸 알고 있었다.

그런데 갑자기 주변이 빛으로 가득 차 버렸다고?

텔레포트를 한 건 아니었다.

만약 그랬다면 드래곤인 자신이 모를 리가 없다.

그럼 빛이 터져 버린 건가?

아니, 아니다.

회랑이 빛으로 차 버린 것도 아닐 거다.

그렇다면?

'이곳은 내 정신세계구나!'

아서베닝은 시일론이 전달한 로드의 권능이 자신을 정신세계로 끌어들였음을 깨달았다.

대체 왜? 무엇 때문에?

그렇게 생각하자,

(죽음이 나를 가두었다.)

(이대로 썩어 문드러질 수는 없어!)

(별이 되지 못하는 드래곤에겐 불명예스러운 소멸만이 남는다!)

놀랍게도 사방에서 드래곤들의 아우성이 들리기 시작했다.

'나를, 나한테?'

화가 잔뜩 난 목소리들은 아서베닝을 추궁이라도 하겠다는 듯 무섭게 소리를 질러 댔다.

(이대로 우리의 시체가 썩는다면 그건 모두 그대의 책임이다!)

(능력이 없다면 로드의 권능을 받지 마라!)

(로드의 권능은 어설픈 어린 드래곤의 것이 아니다!)

무서운 꾸짖음이었다.

왕관을 쓴 자.

권능에 굴복하지 않을 힘을 가지고 있어야 한다.

그렇지 못한다면 이곳, 드래곤의 고향에서 목숨을 다한 드래곤들은 별이 되지 못한 채로 한낱 먼지가 되고 말 것이다.

'그게, 그게 내 책임이 되었다고?'

아서베닝은 힘겹게 참고 있던 공포에 자신을 내던진 기분이었다.

쿠웅- 쿠웅-

마나 심장이 미친 듯이 두근거렸다.

설마하니 이렇게나 끔찍한 책임이 주어질 줄은 몰랐다.

아니, 처음부터 드래곤 로드의 자리는 상상조차 하지 못했었던걸?

하지만 주변을 가득 메운 혼령들은 그런 아서베닝의 상황 따위는 신경도 쓰지 않는다는 듯, 온갖 비난과 비방으로 어린 드래곤을 공포에 떨게 하고 있었다.

무거운 왕관의 무게만큼이나 의무와 책임을 요구하는 거리라.

홀로 빛 속에 선 아서베닝은 끔찍한 외로움과 자괴감을 느끼고 있었다.

'내가, 내가 자격이 있을까?'

문득 마샬린 산에서의 생활이 떠올랐다.

죽음에 대한 공포.

종족으로부터 버림받았다는 상실감.

그리고 모든 걸 포기하고 싶었던 자괴감.

아서베닝의 주변에서 아우성을 치고 있는 혼령들은 이 불쌍한 드래곤을 고립시키려 하는 것 같았다.

나는 안 되는 걸까? 내가 버림을 받은 것처럼 혼령들조차 나를 버리려는 걸까?

가슴이 찢어지게 아팠다.

종족의 멸망 앞에서 자신이 할 수 있는 일이 아무것도 없는 것처럼 보였기 때문이다.

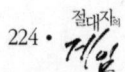

포기하고 싶었다. 그만두고 싶었다.

그런데 그때였다.

'베닝, 난 너를 믿어.'

'너는 잘할 거야. 너는 네가 생각하는 것보다 강한 녀석이잖아.'

'너는 자랑스러운 드래곤이 될 거야.'

머릿속에 남아 있던 한니발의 기억이 떠올랐다.

그래. 맞아.

형은 한 번도 포기를 한 적이 없었어.

자신이 믿고 의지했던 한니발.

그는 죽음의 위기를 수차례 맞이하면서도 조금의 물러섬이나 나약함을 보인 적이 없었다.

형, 형이라면 그랬을 거야.

그렇게 생각하자 나약한 생각에 빠져든 자신이 너무나 부끄럽고 창피했다.

'나는, 나는 왕족이다.'

비록 제대로 된 보살핌을 받은 적은 없었지만, 자신은 분명 왕족의 피를 가지고 태어났다.

종족의 미래를 위해 모든 비난을 감수한 어머니.

자신을 살리기 위해 순순히 마계의 길을 택한 외할아버지.

그렇다면 나는?

순간 공터 안에 죽어 있던 수많은 드래곤의 모습이 눈앞을 스쳐 지나갔다.

꾸우우- 쿠우우-

그리고 얼마 남지 않은 혈족들.

어린 드래곤들.

그들을 책임질 수 있는 건 온전히 자신뿐이었다.

그렇다면?

힘을 내야 한다.

그리고 나는 두렵지 않다.

아니, 두려워도 그건 어쩔 수 없는 거다.

두려움을 씹어 삼켜 아픔을 느끼더라도 참고 버텨야 한다.

지금부터는 그 모든 것들이 누구도 아닌 바로 내 책임이니까.

나는 왕이다.

나는 드래곤 로드이다.

그렇게 자신을 자각하는 순간이었다.

사아악-

놀랍게도 시끄럽게 웅성거리던 혼령들의 아우성이 일순간에 사라졌다.

그러고는,

(새로운 블랙 드래곤 로드가 탄생하였다. 찬양하라! 드래곤들이여!)

(진정한 로드가 탄생하셨다! 우리의 별은 저곳 우주에서

영원히 빛날 것이다!)

(그대만이 우리 혈족의 미래를 이끌어 가실 수 있을 것이요!)

아서베닝의 각성을 축하한다는 듯 비난 일색이었던 혼령들이 근엄한 목소리로 그를 찬양했다.

그래. 맞아.

내가 믿는 그 순간부터 나는 드래곤 로드이다.

꽈득-

아서베닝은 강하게 주먹을 쥐었다.

그와 동시에,

스아아악-

주변을 메웠던 빛이 사라지며 로드의 회랑에서 눈을 떴다.

쉬욱- 쉬욱-

이민준은 빛에 휩싸여 있던 아서베닝을 바라보았다.

조금 전까지만 해도 눈부신 빛에 둘러싸여 꼼짝도 하지 못했던 녀석이나.

그러던 빛이 순식간에 사라지는가 싶더니, 이내 아서베닝이 번쩍하며 눈을 떴다.

"베닝!"

이민준은 걱정스러운 눈빛으로 아서베닝에게 다가갔다.

"형."

뜻밖에도 아서베닝은 온화한 표정이었다.

마치 엄청난 걸 깨달았다는 듯, 그는 진정으로 한 단계 성장한 모습이었다.

이민준은 그제야 마음이 놓이는 기분이었다. 혹시나 뭔가 잘못된 건 아닐까 걱정을 하고 있었으니 말이다.

그런데 그때였다.

띵-

[상처 : 한니발 님과 계약 중인 아서베닝이 드래곤 로드의 권능을 온전히 흡수하면서 350레벨이 되었습니다.]

세상에!

드래곤 로드의 권능을 흡수하며 210레벨이었던 아서베닝이 무려 140레벨이나 올리게 된 거였다.

"너, 350레벨이 되었어."

"맞아요, 형. 그렇게 되었어요."

아서베닝은 가쁜 숨을 몰아쉬고 있었다.

벅차오름일 거다.

지금까지 한 번도 느껴 보지 못한 감동과 흥분.

블랙 드래곤 로드로 임명된 아서베닝을 위한 환호도 없었고, 팡파르도 울리지 않았다.

그러나 그렇다고 하여 영광스럽지 않은 건 아니다.

어려운 상황에 로드로 등극했고, 그 권능만큼이나 대단한 권한도 이어받게 된 거였다.

굉장한 일이었다. 엄청난 일이었다.

하지만 그럼에도 아서베닝은 빠르게 감정을 조절했다.

지금은 종족의 미래가 걸려 있었다.

수많은 죽음과 불안정한 종족의 미래에 대한 책임이 자신의 손에 쥐어졌음을 알기에 최대한 냉정해지려 하는 것이리라.

저격- 저격-

크게 숨을 내뱉은 아서베닝은 회랑을 걸어 눈을 감고 있는 시일론에게 다가갔다.

스슥-

그러고는 죽음을 맞이한 로드 시일론의 얼굴에 손을 가져다 대었다.

엄숙한 표정이었다. 마치 기도를 하는 사람처럼.

아서베닝은 그렇게 잠시 동안 눈을 감은 채로 죽은 로드와 함께 머물러 있었다.

조금의 시간이 흐른 후였다.

눈을 뜬 아서베닝이 잔잔한 미소와 함께 이민준에게 다가왔다.

"다 끝난 거야?"

"정리를 뜻하신다면 그래요. 그리고 미래를 이야기하신다면 지금부터 시작이죠."

이민준은 고개를 끄덕여 주었다.

걱정하지 마라, 베닝.

네 옆에는 내가 있잖아.

그러자 아서베닝도 이민준과 눈을 마주했다.

고마워요, 형.

형이 없었다면 이 모든 게 불가능했을 거예요.

말로 하자면 분명 수많은 단어와 문장이 필요했을 거다.

하지만 둘 사이에는 그런 거추장스러움이 필요하지 않았다.

지금 이 순간, 이 둘에겐 말로 설명할 수 없는 감정의 동화가 이루어져 있었기 때문이다.

"으훗! 으핫! 이러지 마! 간지러워."

꾸우우- 쿠루루-

"하, 하지 말라니까. 흐흐흐!"

새끼 드래곤들이 장난이라도 치는 것처럼 주둥이로 루나의 몸 이곳저곳을 쿡쿡 찌르고 핥았다.

"그, 그거 먹는 거 아닙니다. 히끅! 자, 자꾸 물지 마세요."

또한 어떤 녀석들은 크마시온의 다리뼈와 팔뼈를 살살 물며 장난을 치기까지 했다.

꽤나 편하게 대하는 모습이었다.

((흐어어!))

물론 그런 와중에도 킹 섀도우 나이트에게 다가가는 새

끼 드래곤은 없었다.

((흐어어어!))

왕의 기운이 느껴져서 그런 걸까?

같은 검은색의 피부를 가지고 있었지만, 왠지 모르게 친근하게 느껴지는 루나나 크마시온과는 달리 중압감 같은 게 느껴졌기 때문이리라.

아서베닝은 그런 아기 드래곤들을 걱정스러운 눈으로 바라보았다.

물론 인간들과 친하게 지내는 게 걱정스러운 건 아니었다.

어차피 자신이 인정한 인간들이다.

아기들도 그걸 직감적으로 알기에 지금처럼 편하게 대하는 것일 뿐, 저 녀석들도 크고 나면 본성을 가지고 있는 만큼 다른 인간들을 경계할 게 분명했다.

"흐음."

아서베닝은 무거운 숨을 내뱉었다.

머릿속이 복잡했다.

처리해야 할 일은 수백 가지도 넘는데 우선순위를 정하기가 쉽지 않았다.

"괜찮은 거야?"

아서베닝에게 다가간 이민준은 녀석의 어깨를 툭 쳐 주었다.

"그럼요. 괜찮죠."

"그런데 표정이 왜 그렇게 무거워?"

"누군가를 책임져야 한다는 게 이런 기분인 줄은 몰랐어요. 그러고 보면 형은 참 대단한 거 같아요."

"에이, 무슨 그런 말을 해? 아니야. 너도 잘할 거야."

"정말 그럴까요?"

"전에도 그랬잖아. 내가 없을 때 일행들을 챙겼었잖아."

이민준의 말에 아서베닝이 조금은 가벼워진 미소를 지었다.

경험이 중요한 이유는 바로 그런 거였다.

아무리 작은 일이라도 한 번 해 봤다는 자신감.

지금 아서베닝에게 필요한 건 어쩌면 그런 건지도 몰랐다.

"마계로는 언제 출발할 거야?"

"형, 언제 갔다 오세요?"

"다른 세계 말이지?"

"네."

이민준은 제한 시간을 확인했다. 대략 한 시간 정도가 남은 상황이었다.

"곧 갔다 올 거야."

"그럼 형 다녀오신 다음에 바로 가요. 저는 그동안 이곳, 다이온을 좀 정리해야 할 거 같아요."

이민준은 고개를 끄덕여 주었다.

비록 이틀의 시간이 걸린다고는 하지만, 그동안 로드의

회랑을 지키던 시일론의 공석을 메워 줄 준비를 해야 하는 거였다.

잠시 마계로 갈 일을 상의하고 있는 사이, 루나와 일행들이 다가왔다.

루나가 조심스럽게 물었다.

"저, 저기, 베닝. 아니, 로드 베닝 님이라고 해야 하나?"

일행들 모두가 알고 있는 사실이었다.

그저 어린 드래곤이었던 아서베닝이 지금은 블랙 드래곤 전체를 책임져야 하는 로드가 되었음을 말이다.

루나가 어려워하는 게 바로 그런 거였다.

"후후후! 왜 그래? 그냥 전처럼 편하게 대해."

하지만 아서베닝은 그런 거 신경 쓰지 말라는 듯 밝은 표정으로 말을 했다.

"정말? 정말 그래도 되는 거야?"

"그래. 킹 섀나 때도 그랬듯 우린 편한 일행들이잖아."

"그래. 흐흐! 그래. 알았어."

"대신 남들 앞에서는 조심해 줘. 이건 우리 종족의 존엄과 위엄에 관한 문제기도 하니까."

"걱정하지 마! 나도 그 정도는 안다고요, 로드 아서베닝 님!"

피식-

아서베닝은 마치 왕족을 대하듯 예를 갖추고 있는 루나의 모습에 그만 웃음을 터트리고 말았다.

신기한 인간이었다.

감정에 관해서는 항시 조심하는 아서베닝이었지만 이상하게도 루나의 행동 하나하나가 마음에 담겼다.

"흠흠."

아서베닝은 서둘러 웃음기를 지웠다.

자신은 드래곤 로드이다. 인간에게 감정을 주어서는 안 될 일이었다.

"으흐흐! 축하드립니다, 베닝 님. 아니, 로드시여."

그러는 사이, 눈치를 보고 있던 크마시온이 껴들었다.

"그래. 너도 아까는 고마웠어, 크마시온."

"위대한 드래곤님을 위한 일인데, 그 정도는 당연하지요!"

크마시온이 턱을 달그락거리며 뿌듯함을 뽐냈다. 자기 자신이 대견스러웠던 모양이었다.

어쨌든 다이온의 일도 어느 정도 정리가 된 거였다.

그리고 백발 마녀의 꽃.

그건 마계를 다녀와서 추출해도 부족함이 없을 거다.

블랙 드래곤 전체가 거의 사라지다시피 한 거니까.

더는 예전 습관에 얽매이지 않아도 된다는 소리가 된다.

'마계의 일만 잘 처리되면 더 이상 문제 될 게 없겠구나.'

그나마 마음이 놓이기도 했다.

고개를 끄덕인 이민준은 일행들에게 양해를 구한 후 동굴을 벗어났다.

그러고는 때마침,

후우욱-

빛의 통로가 나타나며 이민준을 집어삼켰다.

※ ※ ※

"우! 아우! 졸려! 아함!"

성창식이 트렁크 앞에서 몸을 비틀었다.

"어이구! 그러게, 뭐하러 나왔어? 나오지 말라고 했잖아. 나랑 노 팀장님은 그냥 공항 리무진 이용하면 되는데."

"에이, 그건 아니지. 우리 대표님이 나 버리고 노 팀장님하고만 미국을 가신다는데, 배 아파서라도 이렇게 차로 모셔다 드려야지."

이민준은 고개를 갸웃하며 물었다.

"뭔 말이 그래? 앞뒤가 전혀 맞질 않잖아?"

그러자 성창식이 머리를 긁적이며 대답했다.

"에이, 몰라. 새벽같이 일어났더니 머리가 안 돌아가네. 내가 너처럼 공부, 운동을 병행한 것도 아니고. 나의 무식함을 적들에게 알리지만 말아 달라고."

역시나 뭔가 앞뒤가 안 맞는 말을 하는 성창식이었다.

짜식, 눈에 졸음은 잔뜩 묻혀서는…….

"안 되겠다. 차 키 줘라. 공항까지는 내가 운전하는 게 낫겠다."

이민준은 성창식의 열쇠를 빼앗아 운전석으로 올랐다.

"그래그래. 아무래도 그게 좋겠다. 거짓말 아니고 진짜 졸린다. 하흠! 공항 도착하면 깨워 줘."

성창식이 뒷좌석으로 타서는 그대로 벌렁 누워 버렸다.

"크, 크흐!"

그러고는 5초도 안 돼서 코를 골기 시작했다.

꽤나 피곤했던 모양이었다.

탁-

"후후후."

트렁크에 짐을 다 실은 후 보조석에 앉은 노영인이 뒷자리를 쳐다보며 웃었다.

"아직 철이 없어 보이시죠?"

이민준은 민망함을 털어 내기 위해 말을 꺼냈다. 그러나 노영인은 전혀 그렇지 않다는 표정으로 대답했다.

"성 이사님, 요 며칠간 정말 열심히 일하셨어요. 회사가 위험할 수도 있다는 걸 누구보다 잘 알고 계셨으니까요. 정말 밤낮없이 노력하신 분이에요."

이민준은 시동을 걸면서 노영인의 표정을 살폈다.

30대의 컴퓨터 천재는 그 어느 때보다도 진지한 표정이었다.

"개발실에만 계신 줄 알았더니, 그런 건 또 어떻게 아셨

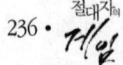

어요?"

"저야 항상 개발실에만 있었습니다. 단지 그건 성 이사님이 만날 개발실로 찾아와서 자기가 얼마나 열심히 일하고 있는지 이야기해 줘서 알고 있는 겁니다."

"네에?"

이민준은 살짝 황당한 기분이었다.

굳이 개발실까지 찾아가서 자기가 일한 건 뭐하러 떠드나?

"일하시는 데 방해가 된 건 아닌가 싶네요."

"전혀 그렇지 않습니다. 오히려 유쾌한 커피 손님이었는 걸요. 성 이사님 성격이 그렇더라고요. 나이가 어리다 보니 방법이 서툰 것뿐입니다. 거짓되거나 허황한 성격은 아니잖아요."

이민준은 고개를 끄덕였다. 성창식의 성격을 누구보다도 잘 알고 있으니 말이다.

녀석은 직원들에게 보여 주고 싶었던 거다.

자신이 얼마나 회사를 구하고 싶어 하는지.

그리고 이번 일을 대하는 자세가 얼마나 진지한지를 말이다.

후우웅-

이민준은 고개를 흔들며 차를 출발시켰다.

새벽이라 그런지 도로는 한산했다.

고속도로로 들어서자 노영인이 말을 꺼냈다.

"성 이사님은 좋은 사람입니다. 그리고 빠르게 성장하고 있기도 하고요."

"그래도 부족한 게 많죠?"

"저는 컴퓨터를 만지는 사람입니다. 물론 사회 경험이 없는 건 아니지만, 그렇다고 해도 경영이나 마케팅 같은 건 거의 모른다고 봐도 과언이 아니죠."

잠시 숨을 고른 노영인이 계속해서 말했다.

"그런 면에서 봤을 때, 성 이사님은 어린 나이임에도 불구하고 꽤 능력 있는 임원인 것 같습니다. 운동선수 출신이라고 해서 살짝 의심했었는데 그렇지가 않더군요."

"그런가요?"

이민준은 저도 모르게 뿌듯함을 느꼈다.

사실 이 사업을 처음 시작할 때만 해도 노영인이 걱정했던 것처럼 성창식은 사업에 대해 아무것도 모르는 사람이었다.

당시의 성창식은 우선순위를 결정하지 못할 정도로 혼란에 휩싸여 있었으니 말이다.

다행이라면 성창식이 이민준을 절대적으로 믿었다는 거였다.

그는 이민준이 요구한 공부를 열심히 해 주었고, 그 외에 내준 숙제도 싫은 내색 없이 처리했었다.

문제라면 교육과 경험이 짧았다는 건데, 그걸 무식한 노

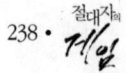

력으로 메운 것 또한 성창식의 근성이었다.

"노 팀장님도 피곤하실 텐데 공항 도착할 때까지 눈이라도 좀 붙이세요."

"잠이라면 충분히 잤습니다. 그리고 어차피 비행기에 오르면 쉬는 거나 마찬가지일 텐데요. 오히려 대표님께 운전을 맡긴 게 죄송할 따름이죠."

"저 운전 좋아합니다. 생각을 정리하기도 좋고요. 그러니 걱정하지 마세요."

"대표님을 알게 된 게 얼마 되지는 않았지만, 저는 대표님의 이런 성격이 정말 좋습니다."

이민준은 대답 대신 미소를 지어 주었고, 그런 미소를 받은 노영인 또한 기분 좋은 얼굴로 창밖을 응시했다.

동이 트고 있는 도로였다.

어둠이 달아나며 푸른색 하늘이 청순한 민낯을 드러냈고,

"크, 크흐으! 커허억!"

그런 아침 하늘을 성창식이 코 고는 소리로 환영해 주었다.

"야! 아우! 우리 이 대표님 없으면 걱정스러워서 어떻게 하냐?"

그러지 말라고 말렸건만 꿋꿋하게 공항 안까지 따라온 성창식이 근심 가득한 표정으로 물었다.

"진심이야?"

이민준은 진지한 표정으로 물었다. 그러자 성창식이 화들짝 놀라며 말했다.

"아, 아니, 아니야. 농담이야. 뭘 그렇게 무서운 얼굴을 하고 그래?"

"넌 인마, 우리 회사의 임원이야. 그런 녀석이 농담이라도 그런 말을 막 하고 그러면 안 되지."

"에이, 알지. 알아. 아는데 이상하게 우리 이 대표님만 보면 자꾸 어리광을 피우고 싶어지네. 흐흐!"

"어이구! 어련하시겠어요. 아무튼, 나 없는 동안 회사 잘 부탁한다, 친구."

"그래그래. 비록 티엘과 대번이 칼을 갈면서 우리를 노리고 있지만 내 목숨을 걸고라도, 아니 이 한 몸 다 바쳐서 우리 회사를 지키고 있을게."

피식-

하여간 너스레는.

결국 웃음을 터트리고만 이민준은 손을 뻗어 성창식의 어깨를 세게 잡아 주었다.

이번 출장이 얼마나 중요한지를 누구보다도 잘 알고 있는 성 이사다.

녀석이 자꾸 장난을 치는 것도 그런 긴장감을 비치고 싶지 않아서였을 거다.

턱-

성창식이 손을 뻗어 이민준의 손을 잡았다. 녀석 또한 하고 싶은 말이 있었던지 진지한 눈빛을 빛냈다.

끄덕-

이민준은 성창식에게 하고 싶은 말을 하라는 뜻에서 고개를 끄덕여 주었다. 그러자 성창식이 입을 열었다.

"친구."

"그래, 친구."

"술은 최소 30년산이야. 21년산이나 17년산 사오지 말고, 꼭 30년산으로 사오게나."

녀석의 말에 이민준은 황당한 표정을 지었고,

"푸, 푸흡!"

말뜻을 이해 못해 고개를 갸웃하던 노영인이 뒤늦게 웃음을 터트리고 말았다.

뭔가 진지한 이야기라도 하는 줄 알고 차분한 자세로 기다렸던 노영인이다.

그런데 결국 한다는 말이, 30년산 위스키 꼭 사 오라는 말을 저렇게 진지하게 한 거다.

하여간.

성창식은 어느 모로 보나 유쾌한 녀석이 맞았다.

"알았다, 인마."

이민준도 기분 좋은 미소로 대답을 해 주었다. 그러자 성창식이 편안한 표정으로 인사를 했다.

"그리고 부담 주는 건 아닌데, 꼭 성공하고 돌아와라."

"부담 줘서 고맙다, 짜식아."

언제나 느끼는 거지만 참 기분 좋은 녀석이었다.

손을 흔들어 준 이민준은 비행기를 타기 위해 발길을 돌렸다.

대략 13시간이 넘는 비행시간 동안 이민준은 발표 자료를 살피고, 또 살폈다.

한 번의 기회라는 건 생각했던 것보다 더욱 큰 부담감으로 다가왔다.

노영인의 기술은 절실함과 간절함으로 얻은 노력의 결실이었다.

회사를 살릴 수 있는 가장 강한 한 방이었고, 공정하게 경쟁하기 위해 최대의 노력을 기울인 그런 기술이었으니 말이다.

그런데 그런 노력을 대번이 단숨에 짓밟았다. 그것도 비겁한 로비와 협잡을 통해서 말이다.

'망할 놈들!'

속이 뒤집어질 노릇이었다.

그렇기에 이번 나일 닷컴과의 접촉이 무엇보다도 중요한 거였다.

다른 사람도 아닌 나일 닷컴 회장 앞에서 투자 유치를 위

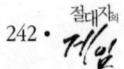

한 설명회를 하는 거니까.

이번 일에 성공해서 투자금을 받을 수 있다면 대번과의 싸움은 새로운 국면으로 접어들 거다.

하지만 만약 실패를 하게 된다면…….

이민준은 고개를 흔들었다. 실패에 대해서는 생각하고 싶지가 않았다.

"후우."

아마도 그런 긴장감이 발표 자료로부터 손을 떼지 못하게 만들고 있는 것 같았다.

"크, 크흐!"

옆자리에서 낮게 코를 고는 소리가 들렸다.

노영인 팀장이었다.

그 또한 이민준처럼 발표 자료를 손에 꼭 쥔 채로 단잠에 빠져 있었다.

충분하게 휴식을 취하고 왔다고는 했지만 아마 그러지는 못했을 거다.

이번 발표를 준비하면서 가장 신경을 많이 쓴 사람이니까.

차락-

이민준은 노영인 팀장의 손에 들린 발표 자료를 조심스럽게 빼내 주었다.

스윽-

그러고는 담요를 펼쳐서 덮어 주었다.

비록 짧은 시간이겠지만, 그 시간만큼은 편하게 잠을 자길 바라는 마음으로 말이다.

미국에 도착한 시간은 오전 10시였다.
한국에서 오전 9시에 출발했는데, 미국에 도착한 게 같은 날 오전 10시라니!
시차 때문에 벌어지는 일인데, 왠지 재밌다는 생각이 들기도 했다.
"세상에! 한국에서 미국까지 한 시간 만에 도착했군요!"
그런 점을 이용해서 노영인이 썰렁한 농담을 날리기도 했지만,
"하, 하하! 그렇군요."
이민준이 어색하게 웃고 말았다.
"미, 미안합니다."
그러자 노영인이 급히 사과하는 해프닝이 벌어지기도 했다.
"뭐 그렇다고 사과까지 하세요?"
"민망한 걸 털어 내는 덴 사과가 최고지요."
"후후후! 그렇군요."
어쨌든 덕분에 긴장감을 털어 낸 이민준과 노영인은 택시를 타고 호텔로 향했다.
예약한 호텔에 도착해서는 체크인을 하고는 바로 방으

로 향했다.

 어차피 미팅 약속은 내일이었기에 컨디션 조절을 위해 각자의 방으로 향한 거였다.

 호텔 방으로 들어와 짐을 푼 이민준은 고글을 꺼내어 시간을 확인했다.

 한국에서는 새벽에 접속했었지만, 이곳 시간으론 오후 4시 30분이 접속 예상 시간이었다.

 그 또한 시차 때문이었다.

 이민준은 남은 시간 동안 노영인과 식사도 하고, 발표 자료도 살폈다.

 그렇게 시간이 흘렀고, 드디어 미국에서의 첫 접속 시간이 되었다.

 접속 시간에 맞춰서 고글을 쓰자 시간이 멈췄다.

 여지없이 한 시간 이내의 접속이었고, 접속 게이트는 호텔에서 대략 40분 정도 떨어진 곳에 열려 있었다.

 당연한 이야기지만 빠르게 달려서 시간을 단축했고,

 후우욱-

 서둘러 게이트로 들어섰다.

※　※　※

"왔어요, 형?"

게임 세상으로 들어오자 아서베닝이 이민준을 반겼다.
"어, 그래. 준비는 다 된 거야?"
"부족하긴 하지만, 그래도 최대한 끝내 놨어요."
"고생했다."
이민준은 아서베닝의 얼굴을 살폈다.
녀석은 살짝 상기된 표정이었다.
왜 아니겠는가?
200여 년 만에 처음으로 어머니를 만나러 가는 거다.
태어나서 한 번도 만나지 못한 어머니라니…….
물론 아서베닝은 태어나던 그날 느꼈던 어머니의 기운을 마음 깊은 곳에 간직하고 있었다.
하지만 그렇다고 해도 그게 끝이지 않은가?
태어나서 딱 한 번 느낀 어머니의 따스함 말이다.
그런 아서베닝이 어머니를 만나러 간다는 건 상당히 조심스럽고 두려운 일일지도 몰랐다.
'후우.'
이민준은 고개를 흔들었다.
어쨌든 지금 중요한 건 마계로 가서 그들을 찾는 일이지 않은가?
안쓰러운 마음을 거둬들인 이민준은 서둘러 움직였다.
"가자. 가서 일행들에게 인사하자."
"네, 알았어요."

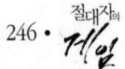

이민준의 말에 아서베닝이 기다렸다는 듯 대답을 했다.

빠른 걸음으로 회랑 안으로 들어서자 일행들이 기다리고 있었다.

"왔군요, 한니발 님."

"오셨어요?"

"잘 갔다 왔어요?"

이곳에서 잠시 헤어져야 하는 걸 아는 일행들이다.

마계에 대한 저항력을 가지고 있는 건 이민준과 아서베닝뿐이니까.

모두가 아쉬워하고 있었지만 그건 어쩔 수 없는 일이었다.

이민준은 앞으로 나서며 말했다.

"최대한 빨리 갔다 오겠습니다. 그동안 이곳을 부탁합니다."

"여긴 저희에게 맡기고 한니발은 몸 건강히 다녀오세요."

일행들을 대표해서 대답을 한 사람은 다름 아닌 앨리스였다.

언제나 든든함을 전해 주는 그녀.

고마운 사람이었다.

이민준은 일행들과 일일이 눈을 맞추며 인사를 했다. 그러고는 아쉬움 없이 회랑을 나섰다.

마계로 가는 문은 다이온의 정상에 있었다.

크아아아-

드래곤으로 변한 아서베닝이 하늘로 솟아올랐고,
"비행!"
이민준 또한 비행 마법을 사용해 하늘을 날았다.
빠르게 날아올라 구름에 휩싸인 정상에 도착했을 때였다.
《형! 준비되셨어요?》
"그래."
《마계로 가는 문을 열 거예요. 강한 에너지가 느껴지실 거예요. 시간이 길지 않으니 바로 통과하시면 돼요.》
"알았어!"
빠르게 대답을 한 후였다.
후웅-
아서베닝의 말처럼 구름 안쪽에서 붉은빛이 터지는가 싶더니, 숨 막히게 후끈한 에너지가 정면에서 달려들었다.
'저기구나!'
이미 알고 있는데 망설일 필요는 없었다.
슈욱-
이민준은 속도를 높여 마계의 문을 향해 달려들었다.

제9장

나일 닷컴

슈슉-

구름을 헤치며 붉은빛으로 뛰어들기 바로 직전이었다.

후으윽-

이민준은 혹시 모를 마계의 영향으로부터 자신을 보호하기 위해 절대자의 자격을 빠르게 끌어 올렸다.

방어를 위한 최선책이었다

그러고는,

쉬욱-

망설임 없이 불타오르듯 일렁이는 마계의 문을 통과했다.

그러자,

후윽-

화끈한 열기가 전신을 휘감았다.

"크윽!"

어찌나 뜨겁던지 저도 모르게 신음이 나오고 말았다.

절대자의 자격이 온몸을 보호하고 있지 않았다면 생명력에 영향을 미쳤을 정도?

공격을 당한 건 아니었다.

그랬다면 처음부터 알았을 테니까.

이건 마계의 기본 습성인 고통과 불쾌감 때문일 터였다.

"후우!"

슈슉- 슈욱-

이민준은 크게 숨을 내뱉어 체온을 조절했다.

물론 절대자의 자격과 체득한 스킬을 사용한 거였다.

특별히 주문을 사용하거나 실행문을 외칠 필요는 없었다.

신에 가까운 능력을 자각한 이후로는 뜻하는 바가 간단히 이루어지고 있었으니 말이다.

'어디 보자.'

이민준은 시커먼 공중 위에 멈춰 서서는 빠르게 주변을 둘러보았다.

'뭐야? 이 그로테스크한 풍경은?'

이곳은 마치 용암으로 이루어진 거대한 호수 위에 수많은 시체를 엮어 다리와 중립 지역을 만들어 놓은 듯한 모습이었다.

콰우우- 화르륵-

용암은 부글부글 끓고 있었고,

퍼윽- 화윽-

섬뜩한 용암 거품이 터진 곳에서는 시체로 만들어진 다리가 녹으며 검붉은 피가 뚝뚝 떨어지기도 했다.

'혹시 시체가 아니고 살아 있는 사람으로 만든 거 아니야?'

그런 생각을 하며 잠시 주변을 둘러보는 사이,

쉬욱- 쉬욱-

멀지 않은 곳에서 하늘을 날고 있던 아서베닝이 빠르게 이민준에게 다가왔다.

《여긴 마계 53층이에요. 여기서부터 89층까지가 용암 지옥이라고 불리는 곳이죠.》

마계는 여러 가지 지옥의 모습을 형상화하여 만들어진 곳이란 걸 이민준도 알고 있었다.

《형! 형이 가진 패시브 스킬은 어때요? 문제없이 작동하고 있어요?》

"어. 다행히 잘 작동하고 있네."

이민준은 고개를 끄덕여 주었다.

마계는 해당 층에 따라 기본적으로 갖가지 고통 공격이 수반되는데, 만약 마계 저항력 패시브 스킬을 얻지 못했다면 이민준 또한 이곳 환경에서 버티기가 쉽지는 않았을 터였다.

"너는 어때? 괜찮아?"

《드래곤은 기본적으로 마계 저항 스킬을 가지고 있어요. 우리 종족이 천계와 마계의 균형을 맞추는 존재가 된 건 다 그만한 이유가 있는 거죠.》

"그렇구나."

태어날 때부터 마계 저항력을 가지고 태어나다니.

그건 의외로 대단한 능력이었다.

어쨌든 지금 당장은 그게 중요한 건 아니니까.

"베닝, 어디로 가야 해?"

《77층이요. 어머니와 외할아버지는 그곳에 계실 거예요.》

"77층에 뭐가 있어?"

《블랙 드래곤의 성지가 있어요.》

"마계에 블랙 드래곤의 성지가 있다고?"

《태초의 드래곤 선조들은 천계와 지상계, 마계를 가리지 않고 모든 곳에서 살았었어요. 우리는 균형을 유지하는 존재들이었고, 그러기 위해서는 세 군데 모두 감시를 해야 했으니까요.》

"아! 그래?"

그건 전혀 알지 못했던 사실이었다.

그런데 대체 어쩌다 드래곤들은 지상에서만 살게 된 걸까?

이민준이 의문을 갖자 그럴 줄 알았다는 듯 커다란 머리를 끄떡인 아서베닝이 대답해 주었다.

《이 세상에 간섭을 좋아하는 종족은 그 어디에도 없죠.》

"그렇긴 하지."

답은 뜻밖에도 간단했다.

천계든 마계든, 다른 종족의 간섭을 싫어하는 건 당연한 일!

《그게 바로 인간들은 알지 못하는 균형의 전쟁이었죠. 무려 100년 가까이 계를 가리지 않고 벌어졌고, 그로 인해 모두의 사이가 틀어져 버린 바로 그 전쟁이요.》

드래곤이 지상계에서 고립되어 살아온 이유일지도 모른다는 생각이 들었다.

천신이든 마신이든, 모두 드래곤들과 사이가 좋지 못하니 말이다.

"그렇구나. 그럼 77층에 있는 성지는 예전 드래곤들이 머물렀던 곳이야?"

《맞아요. 그리고 지금도 우리 종족에게 영향을 미치는 곳이기도 하고요.》

"그래?"

《그렇지 않다면 뭐하러 어머니와 외할아버지가 그곳에서 순교자 역할을 하고 있겠어요.》

듣고 보니 그 말도 일리가 있었다.

콰으- 콰윽-

아서베닝과 이야기를 하는 순간에도 용암은 계속해서 뜨겁게 달궈지고 있었다.

한여름에 용광로 옆에 서면 이런 기분일까?

아니, 아마 그곳보다 여기가 더 덥고 힘들 거다.

이민준은 고개를 흔들며 물었다.

"처음부터 77층에서 시작하면 안 되는 거지?"

《안타깝게도 우리가 열 수 있는 마계의 문에는 한계가 있어요.》

그 말인즉, 결국 이곳에서부터 77층까지 총 24개의 층을 몸소 돌파해 줘야 한다는 뜻이리라.

'시일론이 이틀의 시간을 요구한 데는 다 그만한 이유가 있었구나.'

자각-

이민준은 자신의 검인 블랙 스노우를 꺼내어 강하게 쥐었다.

털컥-

물론 방패인 블랙 스톰도 반대 팔에 장착했고 말이다.

뭐 어려울 게 있을까? 넘치는 힘을 가진 자신과 강력한 드래곤이 함께인데 말이다.

"그럼 가 볼까?"

이민준의 말에 아서베닝이 고개를 끄덕였다.

그러고는,

슈욱-

계약자이자 친구인 두 존재가 빠르게 마계의 하늘을 날았다.

키에에에-

거대한 박쥐 인간이 입을 크게 벌렸다.

케르르- 케르르-

놈의 입안에는 수십 개의 작은 입이 모여 마구 움직이고 있었는데, 그 모습이 그다지 유쾌해 보이지는 않았다.

'이거나 먹어라!'

쉬이익-

이민준은 눈보라가 휘감고 있는 블랙 스노우를 박쥐의 입안으로 쑤셔 넣었다.

그러자,

자그르륵-

놈의 몸이 빠르게 냉각되는가 싶더니 이내,

파앙-

공중에서 산산조각이 나고 말았다.

쉬잉-

이민준은 그와 동시에 블랙 스노우를 휘둘렀다. 주변으로 날아드는 거대한 박쥐 인간들을 향해서였다.

짜극- 짜그르륵-

순식간에 5마리의 박쥐 인간이 산산이 조각나며 흩어졌다.

키에에에- 카으으-

빠르게 놈들을 해치우고 있었지만, 주변을 가득 메우고 있는 박쥐 인간의 숫자는 전혀 줄어들 기미가 보이지 않왔다.

'어후! 이 징그러운 것들!'

마음 같아서는 절대자의 자격을 최대로 불러일으켜서 저 놈들을 단숨에 쓸어버리고 싶었다.

하지만 그럴 수는 없었다.

어째서냐고?

이민준은 블랙 스노우를 휘두르며 조심스럽게 아서베닝이 있는 쪽을 쳐다봤다.

크아아아-

콰르르륵-

아서베닝 또한 최대한 마나를 줄여 가며 전기 공격을 하는 중이었다.

키에- 키아아-

그리고 그럴 때마다 4~5마리의 박쥐가 빠삭하게 익으며 아래쪽 용암을 향해 떨어져 나갔다.

드래곤 로드인 아서베닝 또한 더욱 강한 공격을 충분히 사용할 수 있었다.

하지만 그러지 못하는 건,

콰우우- 콰우우-

대략 5분 정도 거리에 보이는 게이트 때문이었다.

마계에 만들어진, 아래층으로 내려가는 게이트는 균형 잡힌 마기 덕분에 열려 있는 거였다.

그런데 그 옆에서 강력한 주신의 기운을 사용한다면? 혹은 드래곤의 막강한 마나가 폭발한다면?

아서베닝의 말에 따르면 주체하지 못할 에너지를 느낀 게이트가 자신을 보호하기 위해 닫힌다는 거였다.

그리고 그렇게 닫힌 게이트는 최소 하루 정도의 시간이 지나 안전이 확보돼야 열린다고도 했다.

하루살이보다 귀찮은 박쥐 인간들을 상대하며 하루 동안 이 끔찍한 곳에 갇혀 있어야 한다고?

몸이 부르르 떨릴 정도로 소름 끼치는 말이었다.

더군다나 지금은 멸망의 시간이 다가오고 있는 시기다.

조금이라도 시간을 아끼는 방법이 있다면 그대로 시행하는 게 맞는 거다.

"서두르자! 베닝!"

《으윽! 알았어요!》

크아아-

아서베닝이 극도로 신경을 쓰며 마법을 사용했다.

녀석에 비해 덩치가 작은 이민준은 에너지를 효율저으로 사용하며 적들을 물리칠 수 있었다.

하지만 아서베닝은 덩치가 엄청나게 컸기에 그만큼 박쥐 인간들에게 공격받는 면적도 넓을 수밖에 없었다.

"사라져라! 이 날파리 같은 것들아!"

콰슥- 파스슥-

《고, 고마워요, 형.》

또한 그렇기에 이민준은 주변 적을 물리치며, 그와 동시에 아서베닝의 몸에 붙은 박쥐들을 떼어 주기까지 해야 했다.

당연한 이야기지만 아서베닝이 강력한 마법을 사용한다면 감히 박쥐 인간 따위가 드래곤 로드의 몸 근처에도 다가오지 못할 터였다.

하지만 멀지 않은 곳에 아래층으로 내려가는 민감한 게이트가 있으니······.

"베닝! 괴로운 거 알아. 하지만 조금만 참아. 거의 다 왔어."

《크윽! 알았어요. 걱정하지 마요, 형. 견딜 만, 아윽! 해요.》

아서베닝과 이민준은 최대한 인내심을 유지하며, 그렇게 조금씩 게이트로 다가갔다.

그러고는,

"드디어!"

망설임 없이 아래로 내려가는 게이트에 몸을 던졌다.

콰우우- 콰우우-

"아우! 정말!"

크아아아-

가는 곳마다 짜증 나는 몬스터를 만들어 놓는 것도 어쩌면 대단한 능력인지도 몰랐다.

콰스스스- 빠스스-

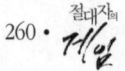

이민준은 블랙 스노우를 힘껏 휘두르며 그렇게 생각했다.
《으아으! 온몸에 두드러기가 날 거 같아요!》
아서베닝이 커다란 몸을 부르르 떨었다.
하지만 그럼에도 거머리처럼 생긴 징그러운 몬스터 케리아틴은 아서베닝의 몸에서 떨어질 줄을 몰랐다.
'그래. 어떻게든 강력한 에너지를 쓰라고 만들어 놓은 놈들이겠지?'
영리한 처사였다.
게이트를 통과해서 다음 층으로 내려가는 게이트를 찾기 전까지는 그다지 귀찮은 몬스터가 달려들지는 않았다.
뭐, 달려든다고 해도 이민준이 가진 강력한 기운과 아서베닝의 마법이면 꼼짝도 없이 가루가 될 게 뻔했지만…….
키르르륵- 케르륵-
그러나 지금처럼 게이트 근처만 오면?
키르르륵-
이민준과 크기가 비슷한 케리아틴이 시커멓고 미끈한 몸체를 마구 흔들며 달려들었다.
'어후! 역겨운 것들!'
이민준은 최대한 절대자의 자격을 조절하며 케리아틴들을 마구 학살했다.
어쩌겠는가?
지금은 이런 단순 막노동만이 다음 층으로 내려갈 수 있는 유일한 방법인 걸 말이다.

《으윽! 형! 이놈들 좀 어떻게 좀. 아으!》

문제라면 역시 덩치가 큰 아서베닝이었다.

슈욱-

이민준은 미식축구를 하는 공격수처럼 빠르게 케리아틴을 피하며, 아서베닝의 몸에 찰싹 달라붙은 케리아틴들을 처치해 나갔다.

파삭- 퍼웅-

파사삭- 퍼웅-

피를 잔뜩 빨아먹은 모기를 손바닥으로 쳐 죽이듯,

콰직- 퍼웅-

아서베닝의 몸에 붙은 케리아틴을 죽일 때마다 드래곤의 피가 사방으로 뿜어졌다.

'헌혈 제대로 하네.'

쓸데없는 생각도 들었다.

《아흑! 아흥!》

하지만 어쩌겠는가?

이것 말곤 방법이 없으니 말이다.

"베닝! 끝까지 밀고 나가!"

《으흑! 알았어요!》

이민준은 최대한 아서베닝을 독려하며, 다음 층으로 내려가는 게이트로 향했다.

❇ ❇ ❇

 나일 닷컴 본사에 도착한 건 아침 9시였다.

 애틀랜타 시내에 위치한 나일 닷컴의 본사는 그 위용을 자랑하려는 듯 하늘을 향해 곧게 뻗어 있었다.

 "이야! 이건… 우와!"

 택시에서 내린 노영인이 하늘을 향해 고개를 쳐들고는 감탄사를 내뱉었다.

 어찌 안 그러겠는가?

 나일 닷컴 건물은 높이도 굉장했지만 아름답게 꾸며진 건물의 외형은 하나의 예술 작품이라고 해도 과언이 아닐 정도로 아름다웠다.

 이민준은 여전히 입을 벌리고 있는 노영인의 어깨를 툭 쳐 주며 말했다.

 "멋지네요."

 "후우! 멋지다 뿐입니까? 이건 정말 엄청난 겁니다."

 노영인이 감동하였다는 듯 붉어진 얼굴로 고개를 흔들었다.

 물론 건물은 굉장했다. 하지만 이민준은 특별히 감동하지 않았다.

 '나일 닷컴의 위상 때문에 더 대단하게 보이는 것뿐일 거야.'

한국이라고 멋진 빌딩이 없을까?

보통 기업의 본사를 방문할 때 느끼는 건 건물이 가진 멋진 디자인도 있었지만, 거기에 그 건물을 소유한 기업의 위상이 더해지며 벅찬 느낌을 주는 거라고 이민준은 생각했다.

당연한 이야기지만, 아무리 그렇다고 해도 나일 닷컴의 위대한 업적을 비하할 의도는 조금도 없었다.

단지 이민준이 마음을 조절하고 있는 건 조금 후에 만나게 될 나일 닷컴의 회장과 동등한 입장에서 서고 싶은 호기 때문이었다.

건방져 보이려고 그런 생각을 하는 건 아니었다.

허황한 꿈을 꾸기에 그런 것도 아니었다.

'난 중2병이 아니니까.'

피식하고 웃은 이민준은 살짝 걱정스러운 표정으로 자신을 바라보는 노영인에게 말했다.

"나일 닷컴은 혁신적인 생각과 뛰어난 기술로 시장의 선두주자가 된 기업입니다."

"알아요. 알고 있습니다."

"지금까지 성공한 IT 기업들 모두 그들의 아이디어와 기술을 믿고 끝까지 노력했지요."

"물론 그것도 그렇지요."

노영인은 자신의 대표가 뜬금없는 이야기를 왜 꺼내나 하는 표정이었다.

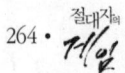

하지만 이민준은 크게 신경 쓰지 않은 채로 말을 이었다.
"저는 제 아이디어와 노 팀장님의 기술이 그런 혁신적인 것들과 별반 다름이 없다고 믿고 있습니다."
"아!"
노영인은 그제야 자신의 대표가 하고자 하는 말을 짐작한 듯싶었다.
이민준은 계속해서 말했다.
"그러니 주눅 들지 마요, 노 팀장님. 우리 멋지게 해내자고요."
"후우! 알겠습니다. 이 대표님 덕분에 큰 용기를 얻었습니다."
이민준은 대답 대신 미소를 지어 주었다. 그러자 노영인도 조금 전과는 비교도 안 될 만큼 표정이 밝게 변했다.
"그럼 가 보실까요?"
"알겠습니다."
이민준이 먼저 앞장서서 나일 닷컴 본사 건물로 들어섰다. 그리고 그 뒤를 노영인이 따랐다.

✣ ✣ ✣

"반갑습니다. 제드 메너스입니다."
악수를 위해 손을 내민 나일 닷컴의 최고 경영자는 조금

마르긴 했지만, 꽤 정감이 가는 얼굴의 소유자였다.

"반갑습니다. 이민준입니다."

이민준도 자연스러운 표정으로 손을 내밀어 제드 메너스의 손을 맞잡았다.

나일 닷컴이라면 세계 기업 순위 10위 안에 드는 초거대 기업이다.

매출은 100조가 넘었고, 현재의 기업 가치로 따지면 300조가 넘어가는 기업이기도 하다.

무려 300조 원 이상의 기업 가치를 가진 회사!

그런 기업의 창립자이자 현 최고 경영자를 만나고 있는 거였다.

마치 개미가 코끼리를 마주하고 있다고 해야 할까?

주눅이 들어도 전혀 이상할 게 없는 그런 자리.

하지만 이민준은 전혀 위축되지 않았다.

게임 안에서 드래곤과도 마주했었고, 멸망과도 싸웠으며, 거대한 제국의 여황제와도 친분을 쌓은 이민준이다.

그런 경험이 도움이 되었는지 오히려 제드와의 대면이 편하게 느껴졌다.

"아, 안녕하세요? 영인노, 아니 노영인입니다."

물론 노영인은 조금 달랐다.

비록 나일 닷컴 본사 입구에서 이민준이 힘을 실어 주긴 했지만, 막상 거대한 회사의 최고 경영자를 만나고 나니 긴장이 되는 모양이었다.

"후후후! 날이 더워서 그런가 봅니다. 원하시면 온도를 조금 더 낮춰 드리지요."

그런 노영인을 배려라도 해 주려는 듯 제드 메너스가 소탈한 모습을 보여 주며 주변 사람들을 소개해 주었다.

"이쪽은 부사장인 카일 터너입니다."

"안녕하세요. 카일 터너입니다."

"그리고 이쪽은 제 친구이자 수석 변호사인 잭 와이너구요."

"이렇게 만나게 되어 정말 반갑군요. 잭 와이너입니다."

이민준은 제드가 소개해 준 두 사람과 번갈아 가며 정중하게 인사했다.

그리고 그게 끝이었다.

'설마, 진짜?'

제드가 말했다.

"번거롭게 회의실로 옮기고 하는 거보단 그냥 여기서 발표를 듣는 게 편할 것 같군요."

제드와 인사를 한 곳은 다름 아닌 나일 닷컴의 회장실이었다.

이곳은 최고 경영자의 집무실답게 회의실은 물론 담소를 나눌 수 있는 소파까지 마련되어 있었다.

또한 함께 차를 마시거나, 혹은 술을 마실 수 있는 바도 마련되어 있기도 했다.

 어차피 돈 많은 거대 기업의 최고 경영자 집무실이니까.

 그런 건 아무래도 상관이 없었다.

 하지만,

 '아무리 그래도 그렇지, 이렇게 중요한 회의에 참석한 인원이 고작 세 명이라니.'

 적어도 회사의 중요 임원들이 참석한 회의 정도를 생각했었는데, 이 정도 규모라면?

 살짝 실망스러운 마음이 들기도 했다.

 이들은 오늘 회의를 중요하게 생각하는 게 아닌 걸까?

 '흐음.'

 이민준은 조심스럽게 고개를 흔들었다.

 엄청난 기대를 하고 있었던 건 아니었다.

 나일 닷컴의 투자를 받고 싶어 하는 회사들이야 전 세계에 넘치고, 또 넘칠 테니까.

 그런 와중에 나일 닷컴의 최고 경영자가 이렇게 소중한 시간을 내어 준 것만으로도 감사해야 할 일일지도 몰랐다.

 이 정도 규모의 회사를 운영하는 최고 경영자라면 아마 눈코 뜰 새 없이 바쁠 것이다.

 하지만 아무리 그래도 그렇지.

 단 3명뿐이라니.

 혹시 마음이 바뀌기라도 한 걸까?

미국으로 오는 시간 동안 우리 기술에 대해서 의문을 품기라도 한 건 아닐까?

여러 가지 복잡한 생각이 이민준을 괴롭혔다.

'아니야. 집중해야 해.'

부정적인 생각은 질병처럼 백해무익한 존재일 뿐이었다.

그렇기에 나쁜 생각은 빨리 떨어내는 게 올바른 거다.

이민준은 최대한 표정 관리를 했다.

비록 불안한 기분이 들긴 했지만, 어차피 이곳까지 온 거다.

후회 없이 자신의 아이디어와 노영인의 기술을 발표하고 돌아가리라 마음먹었다.

"이쪽이에요. 이쪽에 필요하신 것들이 다 있을 겁니다."

안내해 준 사람은 다름 아닌 부사장 카일 터너였다.

그는 통통한 외모를 가지고 있었는데, 부드러운 인상과는 달리 안경 안에 날카로운 눈빛을 숨기고 있었다.

"아! 감사합니다."

노영인이 서둘러 회의 탁자 한쪽에 마련된 연결 단자와 기기들을 확인했다.

분주한 모습이었다.

'흐음.'

이민준은 조심스럽게 숨을 내뱉으며 빠르게 상황을 판단했다.

사실 회의 전에 조금의 시간을 줄 줄 알았다.
　만약 그랬다면 준비해 온 노트북을 미리 연결하고, 회의 자료를 책상 위에 놓아 주었을 수도 있었을 테니까.
　하지만 지금은?
　모든 게 급하고 정신이 없었다.
　'아니야. 약한 모습 보이지 말자.'
　마음을 고쳐먹은 이민준은 준비해 온 회의 자료를 꺼내어 나일 닷컴 쪽 사람들에게 나눠 주었다.
　"미안합니다. 준비하실 시간을 드렸어야 했는데 제가 좀 서둘렀네요."
　제드 메너스도 그걸 눈치챘는지 먼저 사과를 했다.
　"아닙니다. 많은 걸 준비할 필요도 없는걸요."
　이민준은 더욱 부드러운 미소로 상황을 무마했다. 그러자 제드 메너스가 의외라는 표정을 지었다.
　동양에서 온 청년이 능숙한 사업가들보다 더욱 당차다고 느낀 건지도 몰랐다.
　그런데 그런 게 정말 중요할까?
　아무리 당찬 청년이라고 해도 가지고 온 기술이 마음에 들어야 투자를 할 거 아닌가?
　이민준은 빠르게 생각을 털어 내며 발표 위치로 다가갔다.
　모든 준비가 끝났다.

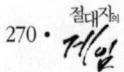

회의 탁자 저쪽 끝에는 SH 무역의 목숨을 살려 줄 수 있는 최고 투자자가 앉아 있었고, 이민준과 노영인은 그 반대편에 서서 쇼를 시작하기 전이었다.

"준비되셨다면 부담 없이 시작하세요."

역시나 제드 메너스의 배려로 발표가 시작되었다.

지난 며칠간 직원들이 밤잠을 설쳐 가며 작업을 한 거였고, 이전 발표 때보다 더욱 진일보한 내용을 담고 있기도 했다.

모바일 카메라를 이용한 물체 인식 기술.

주변 지형을 이용한 신체 사이즈 측정 및 얼굴 모양과 머리카락 분별 기술 등.

모든 것이 새로운 구매 패턴을 열어 줄 신기술이었으며, 혁신적인 기술이기도 했다.

이민준은 노영인과 함께 그 점을 강조했고, 이 기술들이 나일 닷컴의 매출에 지대한 영향을 줄 수 있음을 설명하기도 했다.

"흐음."

하지만 발표를 듣는 제드 메너스의 표정에는 별다른 변화가 없었다.

소곤소곤-

그리고 그건 부사장과 변호사도 마찬가지였던지, 그 둘은 발표 내내 계속해서 뭔가를 의논하기도 했다.

이민준은 살짝 실망감을 느꼈다.

물론 저들은 이런 발표회를 상당히 많이 경험하고, 체험했을 거다.

나일 닷컴과 연결되고 싶어 하는 부류 중엔 전문적인 회사들도 있었을 거고, 사기꾼 같은 회사도 있었을 것이며, 말도 안 되는 황당한 회사들도 있었을 게 분명하니까.

과연 제드 메너스는 우리 회사를 어떤 부류에 두고 있을까?

이민준은 문득 그 점이 궁금했다.

더군다나 미간을 잔뜩 찌푸린 채 회의 자료를 살피고 있는 제드 메너스의 얼굴은 이민준의 불안감을 가중하기에 충분했다.

아주 잠깐의 시간이 지난 후였다.

"실례가 안 된다면 몇 가지를 물어보고 싶군요."

제드 메너스는 상당히 침착한 목소리였다.

"실례라니요. 전혀 그렇지 않습니다."

"우리 쪽 조사를 따르면 한국 국회에서 이 대표님 회사의 기술이 영향을 미칠 수 있는, 즉 사생활 침해를 금지하려는 법안을 상정하려 한다면서요?"

순간 뜨겁게 달궈진 다리미가 가슴 위로 뚝 하고 떨어진 기분이었다.

'그래. 그렇지. 대번이 나와 우리 회사를 죽이려고 그런 법

을 로비하고 있지.'

이런 걸 솔직하게 이야기해야 할까?

살짝 고민이 들기도 했다.

하지만 억지로 숨길 필요도 없는 거니까.

"맞습니다. 몇몇 국회의원들이 법안 상정을 위해 노력 중이라고 알고 있습니다."

"흐음."

이민준의 말을 들은 제드 메너스가 한 손을 들어 자신의 이마를 주물렀다.

뭐가 마음에 안 드는 걸까? 대번의 수작이 부정적인 영향이라도 준다고 생각하는 걸까?

그렇게 고민을 하는 사이, 제드 메너스가 다시금 입을 열었다.

"아시겠지만 우리 회사도 한국 시장 진출을 염두에 두었던 적이 있었습니다."

"그 부분에 대해선 한국 언론들이 자주 언급을 했었던 걸 알고 있습니다."

"후후후! 잘 알고 계시는군요. 하지만 우리는 결국 한국 시장 진출에 대해서 상당히 부정적인 시선을 가지게 되었죠. 그리고 그 점이 바로 이런 '체에벌?' 맞습니까? 치에벌?"

"여러 개의 기업을 거느리며 막강한 재력과 거대한 자본을 가지고 있는 자본가, 혹은 기업가의 무리를 뜻하시는 게 맞는다면… 예, 재벌 맞습니다."

"그래요. 그 한국의 '재에벌'들이 존재하기 때문이죠. 유통시장을 독점하고, 외국 기업을 배척하며, 불편한 IT 환경을 만들어 놓았더군요."

그걸 왜 모르겠는가?

엑티브 X, 공인인증서, 아이핀 등등.

대한민국이 IT 강국이 맞나 싶을 정도로 이해하기 힘든 시스템들이 논란 없이 계속 사용되고 있지 않은가?

이민준은 커다란 실망감을 느꼈다.

제드 메너스가 이런 점들을 걸고 넘어간다면 결코 저들에게 투자를 바랄 수 없기 때문이었다.

그렇다고 저들에게 실망한 모습을 보여 줘야 할까?

아니, 아니다.

'그래. 최선을 다했으면 됐지, 뭐.'

이민준은 당당한 표정으로 제드 메너스를 바라보았다. 그러자 제드가 미소를 지으며 말했다.

"그래서 더욱 놀라운 겁니다. 이런 어려운 역경 속에서도 이 대표님처럼 대단한 사업가와 영인노? 노영인?"

"아! 노영인입니다."

"그래요. 노영인 씨처럼 엄청난 컴퓨터 천재가 나온다는 게 말입니다."

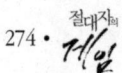

이민준은 고개를 갸웃했다.

마음에 들지 않아서 그런 질문들을 했던 게 아닌가? 왜 느닷없이 칭찬을?

"회장님께선 저희에게 부정적인 생각을 가지고 계셨던 게 아닙니까?"

"예? 제가요? 오! 오오! 이런 오해를 하셨군요. 제 질문이 무례했던 건가요?"

제드가 매우 미안한 표정으로 물은 거였다.

"아니요. 그건 아닙니다. 단지 회장님이 한국에 대한 부정적인 생각을 가지고 계신 것 같아서 여쭤본 겁니다."

"아닙니다. 아니에요. 저는 오히려 그런 환경에서 노력하는 SH 무역과 노영인 씨의 기술을 칭찬하고 싶었던 겁니다."

"아……. 그럼 저희 기술이 마음에 드셨던 겁니까?"

"당연하죠. 하하! 당연한 겁니다. 그렇지 않았다면 제가 뭐하러 이 대표님을 초대했겠습니까? 더군다나 제 방에서, 제가 가장 신뢰하는 사람들과 이렇게 발표를 들은 거 아닙니까?"

'으음?'

이민준은 순간 망치로 머리를 얻어맞은 기분이었다.

물론 좋은 쪽으로 말이다.

살짝 멍한 기분이 드는가 싶더니, 이내 머리가 맑아지는 기분이었다.

오해했던 모양이었다.

오히려 적은 인원으로 발표를 듣고 싶었던 제드 메너스의 마음을 말이다.

이민준의 표정에서 그런 부분을 읽었던지 제드가 자리에서 일어나면서 말했다.

"이런! 이거 정말 큰 오해를 하셨나 보군요. 임원 회의는 이 대표님이 처음 자료를 보내 주셨을 때, 바로 그때 했었습니다. 다들 굉장히 좋아했죠. 그러고는 최종 결정을 저에게 맡기더군요."

"그래서 오늘은 이렇게……."

"맞습니다. 소중한 손님이 오셨는데 번거롭게 만들어 드리고 싶지가 않았거든요."

자칫하면 헛웃음을 터트릴 뻔했다. 그럴 만큼 크게 오해를 하고 있었으니 말이다.

"그, 그럼 어떻게 되는 겁니까?"

여전히 이해하지 못하고 있었던지 노영인이 걱정스러운 얼굴로 물은 거였다.

이민준은 미소를 지으며 대답해 주었다.

"제드 회장님이 우리 기술을 마음에 들어 하시네요."

한국어로 해 준 대답이었다.

"하아! 후우!"

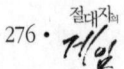

그제야 마음이 놓였던지 노영인의 표정도 한결 가벼워졌다.

"후후! 그러지 말고 이쪽으로 오셔서 모바일 환경에 적용된 실제 기술을 보여 주시겠습니까?"

제드 메너스가 처음과는 달리 상당히 친근감 있는 미소로 이민준과 노영인을 불렀다.

"처, 천억이요?"
"그렇습니다."

이민준의 물음에 제드 메너스가 아무렇지도 않은 듯 대답했다.

나일 닷컴이 SH 무역에 무려 1천억 원을 투자한다는 거였다.

그것도 회사의 지분을 요구한 것도 아니고, 단순한 기술 사용을 위한 투자로 말이다.

이건 정말 획기적인 제안이었다.

제드 메너스가 말했다.

"만약 이 대표님과 노영인 씨 같은 분이 실리콘밸리에서 사업을 시작하셨다면 저에게 굉장한 위협이 되는 존재가 되었을 겁니다."

제드의 말에 카일과 잭이 동의한다는 듯 고개를 끄덕였다.

제드가 계속해서 말했다.

"그래서 그런지, 이렇게 우리 쪽에 사업 제안을 해 준 이 대표님이 고맙고 감사할 따름입니다."

세상에! 제드에게 이런 칭찬을 들을 줄이야!

이민준은 저도 모르게 벅찬 기분을 느꼈다.

"감사합니다. 정말 예상도 못한 일입니다."

"너무 일찍 놀라지는 마세요. 제가 더 큰 제안을 좀 하고 싶거든요."

"더 큰 제안이요?"

"그렇습니다."

제드가 여유로운 미소를 지었다.

뭔데 그러지?

이민준은 어서 답을 달라는 의미로 제드의 눈을 바라보았다.

제10장

77층

 속이 바짝 타오른 이민준과는 달리, 이런 상황을 즐기기라도 하는 것처럼 여유로운 미소를 지은 제드 메너스가 말했다.
"우리는 지금까지 한국의 온라인 유통시장을 반쯤 포기한 상태였습니다."
"조금 전에 말씀하셨었죠."
"그렇습니다. 여러 가지 위험성을 무시하면서까지 한국에 투자하고 싶진 않았거든요."
"그렇군요. 그런데 그 이야기를 다시 꺼내신 이유가 있습니까?"
"물론 있습니다."

제드가 눈빛을 빛냈다.

설마?

이민준은 순간 심장이 쿵 하고 울리는 기분이었다.

제드 메너스가 어떤 생각을 가졌는지를 빠르게 알아챘기 때문이었다.

그런 이민준의 표정을 확인한 제드가 기분 좋게 웃으며 말했다.

"이 대표님만 괜찮으시다면 우리는 SH 무역을 통해서 한국 진출을 고려해 볼 생각입니다."

"진심이십니까?"

"물론입니다. 그리고 그 부분 또한 임원들과 이미 검토를 끝내기도 했고요."

이민준은 놀란 표정을 짓지 않기 위해 최대한 노력했다.

SH 무역이 한국을 대표하는 나일 닷컴의 대리인이 될 수 있다니!

이건 정말 꿈에도 몰랐던 일이다.

마치 보따리를 팔러 왔다가 덜컥 가게 하나를 물려받은 기분이라고 해야 할까?

생각해 보라.

SH 무역이 나일 닷컴의 투자를 받고, 향후 나일 닷컴의 한국 진출을 책임진다는 기사가 주요 일간지에 한 줄이라도 실리는 날이면 경제계에선 난리가 날 것이다.

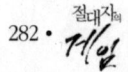

그런 상황에서 SH 무역의 주식이 코스닥에 상장이라도 된다면?

이민준은 물론 SH 무역이 돈방석에 앉는 건 시간문제가 될지도 몰랐다.

그럴 만큼 제드의 제안은 엄청난 거란 소리다.

'후우! 침착하자.'

이민준은 조심스럽게 호흡을 고르며 마음을 진정시켰다.

아직은 이야기의 시작 단계다.

김칫국부터 마시면 안 된다는 뜻.

어떤 일이든 제안은 제안일 뿐이니까.

아직 뭐 하나라도 제대로 성사된 건 없지 않은가?

그렇기에 모든 걸 신중하게 생각해야 했다.

또한 무엇보다 중요한 건 제드가 제시한 일을 과연 한국에서도 성공시킬 수 있느냐는 거고 말이다.

'그건 알아봐야겠지?'

빠르게 표정을 정리한 이민준은 제드를 정면으로 바라보며 물었다.

"단순하게 생각하기에도 좀 과분한 제안인 것 같군요."

이민준의 말에 제드 메너스가 변하지 않는 미소와 함께 대답했다.

"어쩌면 기회일 수도 있지요."

제드의 표정에는 분명 아무런 변화도 없었다.

하지만 이민준은 그런 와중에도 제드의 눈빛이 날카로워지는 걸 놓치지 않았다.

'날 시험해 보겠다는 건가?'

하기야.

제드 메너스처럼 철저한 사업가가 이유 없이 투자를 운운하지는 않았을 터였다.

이민준은 망설이지 않고 대답했다.

"한국인들의 국민 정서와 기업 대응을 제대로 공부하신 모양이군요. 그렇지 않고서야 저 같은 대리인을 필요로 하시지는 않을 테니까요."

"호오!"

조금 전까지는 의자에 깊숙이 등을 대고 앉아 있던 제드 메너스였다. 그랬던 그가 이민준의 말에 흥미가 생겼다는 것처럼 상체를 세우며 자세를 달리했다.

이민준은 계속해서 말했다.

"한국 시장이야말로 구미는 당기지만 쉽게 손을 뻗을 수는 없는 시장이겠죠. 외국인 측면에서 본 시장의 경직성과 정경유착이 걸림돌이니까요. 더군다나 외국 기업들이 직접 투자를 했다가 실패한 사례들 또한 수두룩하기도 하죠."

처음 이민준을 바라봤던 제드 메너스의 눈은 마치 한 반의 우등생을 바라보던 선생님의 그것이었다.

하지만 지금은?

"굉장히 냉철한 평가군요. 혹시 미국에 오기 전에 그 부분을 조사하고 오신 겁니까?"

오히려 쟁쟁한 경쟁자를 대하는 듯 긴장한 자세를 취하고 있었다.

그거야 크게 신경 쓸 건 아니니까.

이민준은 여유롭게 미소 지으며 대답했다.

"그렇진 않습니다. 하지만 사업하는 사람으로서 자국 경제와 국제시장의 흐름 정도는 항시 알고 있어야 하는 거니까요."

"그러니까 오늘 내가 하는 말을 듣고 우리 회사가 고민하고 있던 내용을 단숨에 꿰뚫었다? 이거 아닙니까?"

"뭐 그렇게까지 거창한 건 아니지만, 어쨌든 제 예측은 그렇습니다."

"하! 하하! 하하하하!"

이민준의 말에 제드 메너스가 크게 웃었다.

호탕한 웃음이었다. 사람이 정말 기분 좋을 때 나올 수 있는 그런 웃음 말이다.

이민준은 잠시 제드를 바라보았다.

"후우! 이거 미안합니다. 제가 실례를 했군요."

그러자 그가 서둘러 사과를 했다.

"아닙니다. 하지만 갑자기 웃음을 터트리신 이유는 궁금하군요."

"후후후! 사실 제가 놀란 건 이 대표님의 뛰어난 통찰력과 변함없는 당당함 때문이었습니다."

그래? 그런데 그게 그렇게 웃을 일이야?

그렇게 생각을 하자 제드 메너스가 밝은 표정으로 답했다.

"오랜 기간 사업을 하면서 많은 사람을 만났다고 생각했는데, 역시 이 대표님은 뭔가가 다르군요. 정말 기분이 좋았습니다. 조금은 무리가 될 수도 있었던 제 믿음에 보답해 준 이 대표님이요."

"제가 회장님의 믿음에 보답했다고요?"

"그렇습니다. 사실 이 대표님에 관한 자료와 기술력만으로 새로운 사업 파트너를 주장했다가 임원들에게 엄청나게 시달렸거든요."

이민준은 처음 제안을 들었을 때보다 더욱 멍한 기분이었다.

사업 파트너?

제드 메너스가 자신을 사업 파트너로까지 생각했다고?

이건 뭐.

길을 가다 느닷없이 엄청난 미녀에게 사랑을 고백받은 기분이라고 해야 할까?

그런 이민준의 얼떨떨함이 재밌었는지 방긋 웃은 제드가 말했다.

"한번 들어 보시겠습니까? 저의 제안을?"

말해 주겠다는데 무시하고 끝까지 추측만 하는 것도 올바른 자세는 아닌 거다.

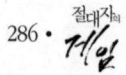

"네. 말씀해 주세요."

이민준의 대답에 물로 입안을 헹군 제드가 기나긴 이야기를 꺼냈다.

"후우."

이민준은 뜨거운 숨을 내뱉었다.

사실 나일 닷컴이 SH 무역의 기술을 그렇게나 대단하게 생각하고 있었다는 걸 알지 못했다.

물론 자신들의 기술이 온라인 시장에 새로운 한 획을 그을 획기적인 기술이란 건 알고 있었다.

하지만 그렇다고 해도 나일 닷컴이 이렇게나 욕심을 내고 있었을 줄이야!

'이런 걸 우리나라에서는 법까지 만들어 가며 반대를 하려 했단 말이지?'

마음속 한구석에서 왠지 모를 서러움과 아쉬움이 피어났다.

그럴 만큼 현재 한국 시장의 경직성이 뼈아프게 다가온 거다.

'흐음.'

이민준은 고개를 흔들어 잡생각을 털어 냈다. 지금은 나일 닷컴의 회장에게 집중해야 하니까.

제드 메너스의 말은 상상 이상으로 놀라웠다.

그는 현재의 나일 닷컴이 더 이상 새로울 것이 없는, 언제든 반짝이는 경쟁자에게 살점을 뜯길 수 있는 거대한 공룡에 비유했다.

왜 아니겠는가?

아무리 잘나가는 유통 업체라고 해도 인터넷과 모바일 환경에선 언제든 새로운 경쟁자에게 챔피언 자리를 내줄 수밖에 없는 거다.

그리고 제드 메너스는 최근 들어 그런 근심과 걱정이 상당하다고 했다.

그런데 그런 와중에 한국의 작은 IT 기업이 두 눈을 번쩍 뜨이게 하는 신기술을 제시한 거다.

지금까지 많은 쇼핑 업체들이 고민했지만, 결코 성공하지 못한 바로 그런 신기술.

이민준이 아이디어를 주고, 노영인이 만든 모바일 기술을 말이다.

제드 메너스는 바로 이런 기술이야말로 다른 업체와의 격차를 벌릴 수 있는 혁신이라고 했다.

고객에게 최고의 편의를 제공하며, 절대 나일 닷컴을 벗어나지 못하게 만드는 차별화된 기술.

제드가 이민준에게 빠진 가장 큰 이유였다.

회사의 미래가 걸린 기술을 보여 줬으니 말이다.

그리고 그다음은 한국 내에서 보여 준 이민준의 행보였다.

기업인으로서의 이민준은 조금은 무모할 정도로 공격적

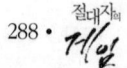

이고, 도전적이었다.

물론 이런 부분이 위험할 수도 있겠지만, 제드 메너스는 오히려 그런 이민준을 칭찬했다.

자신이 바라던 인물상이라면서 말이다.

제드가 말했다.

"당연한 이야기지만 처음부터 무리한 투자를 감행할 생각은 없습니다."

"저 또한 그런 부담을 지고 싶지는 않습니다."

"후후후! 이런 솔직한 모습도 정말 좋군요. 어쨌든 앞으로 투자와 사업 방향을 주고받으며, 이 대표님의 능력을 계속 주시할 겁니다."

"숙제를 내주시고 확실해질 때까지 평가하시겠다는 말씀이시죠?"

"우우! 너무 빡빡하게 생각하진 맙시다. 하지만 이거 하나는 분명하죠. 지금까지 누구도 우리 나일 닷컴으로부터 이런 파격적인 지원을 받은 업체는 없습니다."

그건 제드의 말이 맞았다.

어떤 정신 나간 기업 회장이 마치 후계자를 키우듯 다른 나라의 작고도 작은 회사의 사장을 지원해 주겠는가?

하지만 그렇다고 해서 이해를 못하는 건 아니었다.

제드 메너스가 말한 것처럼 SH 무역은 나일 닷컴의 미래를 좌지우지할 수 있는 매력적인 기술을 가지고 있으니 말이다.

제드가 친근한 얼굴로 물었다.

"혹시 오늘 따로 일정을 잡고 있는 건 없으시죠?"

"몇 시까지요?"

"온종일이요."

"회장님 안 바쁘세요?"

"바쁩니다. 그래서 저도 일정을 조절했죠. 이 대표님과 맛있는 것도 먹고, 신 나게 대화도 하고 말입니다."

"정말 괜찮으시겠어요?"

"후후! 인생에서 좋은 친구를 사귀는 것보다 중요한 게 또 있겠습니까?"

"아……."

이민준은 왠지 장난기 가득 담긴 표정을 짓고 있는 제드 메너스가 확! 하고 마음에 들었다.

"저도 좋습니다, 회장님."

"이거 영광이군요."

"세상에! 회장님께서 귀중한 시간을 내주셨는데 제가 더 영광이죠."

"하하하! 그럼 서로 영광인 걸로 합시다."

"알겠습니다."

제드가 손을 내밀었다. 처음 나누었던 악수와는 완전히 다른 의미의 그런 악수였다.

탁-

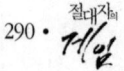

이민준도 손을 내밀어 제드의 손을 잡았다.

SH 무역의 역사는 오늘부로 거대한 역사의 첫 장을 쓰게 된 거였다.

비록 뛰어넘어야 할 산이 많긴 했지만, 나일 닷컴이라는 성능 좋은 제트엔진이 생겼는데 대체 뭐가 문제이겠는가?

'강경억, 당신의 꼼수가 오히려 당신의 목을 조이게 될 거다!'

이민준은 기념비적인 오늘을 마음속에 새기며, 나아가야 할 길을 다시금 떠올려 보았다.

❈ ❈ ❈

슈욱- 슈가각-

키야악-

이민준은 조심스럽게 검을 휘두르며 미친 듯이 달라붙는 몽마를 해치웠다.

일명 서큐버스라고 불리는 악마였다.

생김새를 설명하라면 예쁘장하게 생긴 전라의 여성형 악마?

저들은 남성의 꿈에 나타나 정력을 소모하게 하는 엉큼한 악마였다.

물론 그런 만큼 전신에서 색기가 철철 흐르기도 했고 말이다.

그런 여성형 악마들이 사방을 가득 메우고 있는 거였다.

"저리 좀 가라고!"

쉬익- 파앙-

하지만 이민준은 전혀 흔들림 없이 검을 휘둘러 서큐버스들을 해치웠다.

끼이익- 캬아아아-

펑- 펑-

서큐버스들이 맨몸을 흔들며 터져 나갔다.

다행이라면 죽을 땐 눈꽃 송이처럼 산산이 부서져 징그러운 모습을 보이지는 않는다는 거였다.

그렇게 다음 층으로 내려가는 게이트로 서서히 다가갈 때였다.

《아흐윽! 형, 혀엉!》

드래곤 로드인 아서베닝이 난감한 신음을 터트렸다.

왜 아니겠는가?

키이이- 케에에-

몽마인 서큐버스들이 아서베닝의 거대한 몸에 찰싹 달라붙어 맨몸을 마구 비비고 있었으니 말이다.

놈들의 어이없는 공격 방식이었다.

"조금만 참아, 베닝! 어차피 생명력이 그렇게 많이 닳는 것도 아니잖아!"

《그, 그렇긴 하지만 이게 왠지 찝찝하고 불쾌하고, 막 그

래요.》

 뭐, 그 기분을 이해 못하는 건 아니었다.

 하지만 어쩌랴?

 피를 빨거나 피부를 긁어 대는 다른 몬스터들보다는 훨씬 낫지 않을까?

 "거의 다 왔어!"

 블랙 스노우를 열심히 휘두르며 게이트에 가까워져 가고 있을 때였다.

 키아아아-

 "너 설마 고자냐?"

 "고자가 아니고서야 우리에게 조금도 반응을 안 하다니!"

 "그렇다면 혹시 남성 취향이야?"

 서큐버스들 중에서도 유난히 색기가 흘러넘치는 여인들이 눈을 흘기며 소리친 거였다.

 이것들이! 한 남자의 순수함을 그렇게 짓밟으려 하다니!

 화그극-

 이민준은 블랙 스노우을 강하게 쥐었다.

 그러자,

 움찔-

 주변으로 절대자의 자격이 퍼져 나가며 게이트에 영향을 주었다.

 《형! 속지 마세요! 잘못하다가는 게이트가 닫히고 말아요!》

이런!

이민준은 그제야 저들의 '고자 드립'이 상당한 도발 기술이었음을 깨달았다.

'후우! 그래. 단순히 도발이야, 도발!'

자신은 절대 고자가 아니다!

건강한 대한민국의 남성으로 언제든 그걸······.

아, 아니.

어쨌든.

저것들한테 속지 않고 게이트를 통과하는 게 중요하니까.

《크흑! 아흐흑!》

아서베닝이 몸서리를 쳤지만, 문제 될 건 없었다.

"베닝! 여기만 통과하면 77층이야!"

《알아요! 그래서 이를 꽉 깨물어 참고 있다고요!》

긴 시간을 끈질기게 인내하며 드디어 목표 지점에 도달한 거였다.

"가자!"

이민준은 징그러운 서큐버스들을 뒤로한 채로 바로 게이트로 몸을 던졌다.

화으윽-

온몸을 따끔하게 찌르는 자극과 함께 다음 층으로 내려왔다.

'드디어 도착했구나!'

드래곤의 성지가 있다는 바로 그 77층이었다.

차작-

이민준은 방어 자세를 공고히 다지며 빠르게 주변을 둘러보았다.

몇몇 층에선 괜찮았지만, 그 이외의 다른 층 대부분에선 상당히 귀찮은 몬스터들이 달라붙었기 때문이다.

쉬이잉-

블랙 스노우에는 여전히 작은 눈보라가 휘몰아치고 있었다.

갑작스럽게 나타나는 몬스터들이 있다면 가차 없이 얼리고, 부숴 줄 요량이었다.

하지만 다행히도 이민준을 공격하는 몬스터는 그 어디에도 없었다.

그러는 사이,

화그윽-

이민준의 뒤로 아서베닝이 게이트를 통과하며 커다란 몸체를 드러냈다.

《흐! 아흐!》

녀석이 내지른 소리는 목욕탕에서 때를 말끔하게 민 후 찬물을 끼얹었을 때 나오는, 그런 종류의 신음이었다.

한마디로 표현하자면 시원함?

왜 아니겠는가?

아서베닝은 게이트가 닫힐까 두려워 마음대로 힘을 쓰지도 못했었다.

그리고 그 때문에 여러 몬스터들에게 상상도 못할 괴롭힘을 당하기도 했고 말이다.

보라! 녀석의 몸에 남아 있는 울긋불긋한 상처들을!

물론 드래곤이 가진 굉장한 자연 치유력 덕분에 곧 없어질 상처들이었지만, 자존심 강한 드래곤으로선 정말 상상도 못할 일을 당한 거나 마찬가지였다.

그렇게 괴로우면 이민준처럼 몸체를 작게 변형시키면 안 되는 거냐고?

안 된다.

이유는 비행 마법의 유지와 게이트 통과 시 받게 되는 엄청난 압박 때문이었다.

이민준 정도의 힘을 가지지 못하거나, 드래곤의 몸이 아니라면 마계의 게이트를 통과하다가 터져 버릴지도 모를 일이었다.

"괜찮아?"

《네. 괜찮아요.》

조금 전까지만 해도 끔찍한 기억을 지우기 위해 몸을 부르르 떨었던 녀석이다.

그런데 놀랍게도 아서베닝의 약한 모습은 아주 잠시뿐.

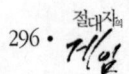

크르르-

녀석이 날카로운 눈빛으로 주변을 경계했다.

역시 드래곤 로드가 되어서 그런가?

아서베닝은 게이트를 통과하자마자 이민준이 보였던 모습처럼 날카롭고 근엄한 행동을 보여 주고 있었다.

녀석 또한 본연의 임무에 충실하기 위해 경계를 확실히 하는 거라.

"아직까진 문제없어. 특별히 위협이 될 만한 녀석들도 보이지 않고."

《확실히 그렇네요. 느껴지는 에너지도 안정적이고요. 그런데 여긴…….》

"용암지대가 아니지?"

《네. 맞아요. 여긴 그냥 흙으로 뒤덮인 평지네요.》

"맞아."

이민준 또한 잘 알고 있는 거였다.

77층의 모습은 처음 게이트를 통과하자마자 확인을 했었다.

물론 놀랄 만한 건 아니었다.

77층까지 내려오면서 이런 비슷한 환경을 두어 번 더 목격했으니 말이다.

"그나마 덥지 않아서 좀 낫지?"

《그러게요. 후끈한 용암 열기가 이제 막 지겨워지려고 했

는데 말이죠.》

 드래곤의 거대한 머리였기에 녀석이 미소를 짓는 건지, 아니면 인상을 찡그린 건지를 명확하게 판가름하긴 쉽지가 않았다.

 하지만 아서베닝의 목소리로만 본다면 다분히 기분 좋은 음색이 섞여 있음을 알 수 있었다.

 "후우!"

 이민준은 크게 숨을 내뱉었다.

 굳이 시간을 끌어 좋을 건 없는 거다. 빨리 목적을 달성하고 마계를 빠져나가야 하니까.

 "좋아, 베닝. 어디로 가야 하지?"

 《잠시만요. 제가 마법으로 위치를 가늠해 볼게요.》

 이곳은 다른 곳도 아닌 마계에 위치한 드래곤의 성지였다.

 그렇기에 아서베닝이 아니라면 그 위치를 알 도리가 없었다.

 물론 하늘을 날고 있었기에 미친 듯이 날아다니며 수색을 하는 방법도 있었다.

 그러나 그건 매우 비효율적인 방법!

 이민준은 지금까지 거쳐 온 층들이 뜻밖에도 굉장한 규모를 가지고 있음을 깨달았다.

 아서베닝이 보내 준 마계 지도로 평가한다면 각 층이 적어도 한국 전체 면적의 2배, 혹은 3배 정도의 크기였음을 알 수 있었다.

그리고 그건 정말 말도 안 되게 큰 규모였다.

그렇기에 아서베닝의 능력이 없었다면 게이트를 찾느라 엄청난 시간을 낭비하고 있었을지도 모를 일이었다.

잠시 그런 생각들을 하고 있을 때였다.

《형! 저쪽이에요.》

아서베닝이 시선으로 위치를 알려 주었다.

그런데 이상하게도 녀석의 목소리가 떨렸다.

이민준은 아서베닝을 쳐다봤다. 녀석은 지금까지와는 달리 상당히 긴장한 모습이었다.

'짜식, 가족들 생각이 나서 그런 거겠지?'

어찌 그러지 않을 수 있을까?

무려 200년 만에 자신의 핏줄들을 만나는 거다.

태어나서 단 한 번 따스함을 느끼고 헤어져야 했던 어머니.

그리고 자신을 구하기 위해 모든 권력을 포기하고 마계행을 자처했던 외할아버지.

크르르르-

아서베닝은 가슴속에서 복받쳐 오르는 감정을 주체하기 위해 낮은 으르렁거림을 뱉어 냈다.

쉬익-

이민준은 아서베닝에게 다가갔다.

턱-

그러고는 녀석의 몸에 손을 얹어 주었다.

흠칫-

그러자 아서베닝이 작게 몸을 떨었다.

하지만 그것도 잠시뿐,

《걱정하지 마요, 형. 저는 괜찮아요.》

녀석이 마음을 가라앉히며 대답을 한 거였다.

"정말 괜찮은 거지?"

《그럼요.》

그래. 녀석이 괜찮다면 괜찮은 거다.

굳이 감정을 부풀리게 할 필요는 없으니까.

이럴 땐 해야 할 일에 집중을 하는 게 좋은 거다.

고개를 끄덕인 이민준은 아서베닝의 몸에서 손을 떼며 물었다.

"여기서 얼마나 걸리지?"

그러자 아서베닝도 빠르게 감정을 추스르며 대답했다.

《날아서 두 시간 내외요.》

"그래! 좋아!"

망설여서 뭐할 건가?

"가 볼까?"

《그래요! 최선을 다해서 날아가는 거예요.》

"후후! 그렇다고 미친 듯이 날지는 말자. 그러다가 몬스터들의 표적이 된다고."

《윽! 알았어요.》

녀석은 확실히 기분이 한결 나아진 모습이었다.

그렇다면?

슈욱-

이민준은 곧바로 어두운 마계 하늘을 날았다.

《가, 같이 가요!》

그리고 아서베닝이 그 뒤를 따랐다.

쉬이이잉-

《세상에!》

"뭐야, 저건?"

아서베닝이 알려 준 대로 마계 하늘을 정확하게 두 시간 날아온 후였다.

훼에에엥-

목적지에는 놀랍게도 시커먼 마물들이 한데로 뭉쳐 회오리바람처럼 돌고 있었다.

'이게 대체?'

저건 그저 그런 회오리바람이 아니었다.

이건 마치 영화로만 봐 왔던 토네이도 정도의 크기?

왜 있지 않은가? 재난 영화에서나 나올 법한 말도 안 되게 큰 덩치를 가진 살인적인 토네이도 말이다.

그래. 저건 다름 아닌 토네이도였다.

물론 다른 점이 있다면 하늘 끝까지 솟은 토네이도를 형성하고 있는 게 먼지와 건물 잔해가 아닌 징그러운 몬스터들이란 것뿐!

《저, 저기! 저 아래에 있어요!》

　아서베닝이 다급한 목소리로 내지른 말이었다.

　이민준은 토네이도의 중심, 즉 거대하게 돌고 있는 토네이도의 맨 아래를 바라보았다.

　크그그긍-

　가가가각-

　그곳에는 대단히 큰 규모의 건축물이 굳건하게 버티고 있었다.

　'저곳이 드래곤의 성지란 말이지? 그런데 이게 어떻게?'

　쿠에에에-

　크아아아-

　온통 끔찍한 몬스터로 이루어진 토네이도는 거대한 에너지를 주변으로 뿜어 대며, 그 위용을 과시하고 있었다.

　'성지 전체를 뒤덮고 있다, 그거지?'

　이걸 처리하지 않고는 드래곤의 성지 안으로 들어갈 방법은 없어 보였다.

　이민준은 몬스터 토네이도와 그 안에 갇힌 드래곤의 성지를 번갈아 쳐다보며 고민했다.

　여차하면 절대자의 자격으로 몬스터 토네이도를 휩쓸어

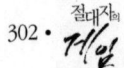

버릴 생각도 하면서 말이다.

하지만 영 내키지가 않았다.

빠직- 빠지직-

아래쪽에 보이는 드래곤의 성지와 눈앞에 있는 몬스터 토네이도 간에 뭔가 연관성이 있어 보였기 때문이다.

콰직- 콰지직-

그리고 그건 바로 서로 간에 에너지를 주고받는 모습 때문이기도 했다.

하지만,

크르르-

코앞까지 다가온 드래곤 성지에 흥분했던지 아서베닝이 거대한 마나를 일으키고 있었다.

"베닝!"

이민준은 서둘러 아서베닝을 말렸다.

자칫하다간 토네이도가 뿜어 대는 에너지와 충돌해서 그대로 드래곤의 성지를 직격할 수도 있다는 판단에서였다.

"잠깐! 잠깐만 기다려!"

크으으으-

이민준의 외침에 반쯤 이성이 나갔던 아서베닝이 빠르게 정신을 차리며 마나를 회수했다. 그러고는 소리쳤다.

《형! 저 아래! 저 아래에 저의 어머니가! 저의 외할아버지가 갇혀 있을 수도 있다고요!》

"알아! 알아, 베닝! 하지만 이상하잖아?"

《네? 뭐가요?》

"만약 제가이르와 카이악스가 저 아래 있다면, 그리고 이 토네이도가 그들에게 해가 된다면 그들이 가만히 있었을까?"

《그, 그건…….》

"비록 네가 드래곤 로드가 되었고, 레벨도 올렸다지만 네가 그들보다 강한 건 아니잖아."

《제가, 제가 너무 성급했나 봐요. 드래곤 로드로선 어울리지 않는 행동이었어요.》

말뜻을 알아들은 아서베닝이 고개를 끄덕였다.

아서베닝이 아무리 드래곤 로드의 권한을 부여받았다고 해도 고작해야 레벨은 350일 뿐이었다.

녀석의 어머니인 제가이르는 478레벨, 그리고 녀석의 외할아버지인 카이악스는 무려 582레벨이다.

그런 그들이 설마하니 아서베닝보다 힘이 모자라 이런 토네이도에 갇혀 있겠는가?

《형 말을 듣고 보니 아무래도 수상하네요. 그리고 저기요.》

이민준의 말에 이성을 찾은 아서베닝이 그제야 드래곤의 성지가 토네이도와 에너지를 주고받고 있는 걸 발견한 모양이었다.

"그래. 나도 저게 수상해."

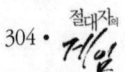

크르르-

잠시 고개를 갸웃한 아서베닝이 이민준을 바라보며 물었다.

《그럼 어떻게 해야죠?》

이민준은 빠르게 생각을 정리했다.

저 안으로 소리새나, 혹은 텔레파시를 보낼 수 있을까?

콰지직- 빠지지직-

아무리 성능 좋은 마법을 사용한다고 해도 저 정도의 에너지를 뚫을 수는 없을 거다.

"후우!"

그렇다면 결국 방법은 하나.

"아무래도 고생을 좀 더 해야겠는걸?"

《게이트 앞에서처럼 에너지를 자극하지 않은 채로 몬스터 벽을 뚫어야 한다는 말씀이시죠?》

"그래. 더군다나 토네이도가 보유한 에너지 수준이라면 게이트처럼 닫히는 게 아니라, 77층 전체를 날려 버릴 수도 있다는 게 문제지."

《흐음, 알았어요. 그 정도 고생이라면 어쩔 수 없죠.》

아서베닝 또한 지루한 싸움을 예견한 듯 반쯤은 포기한 채로 대답한 거였다.

"여태까지 수도 없이 해 본 거잖아?"

꼬박 하루 동안을 몬스터들과 싸우면서 총 24개 층을 돌파한 거다.

그 덕분이었던지 눈앞에 있는 몬스터 토네이도가 그렇게 두렵게 느껴지지는 않았다.

꽈득-

이민준은 블랙 스노우와 블랙 스톰을 강하게 쥐었다.

고도를 낮춰서 몬스터 토네이도의 정확한 지점을 뚫고 지나가면 바로 드래곤의 성지로 들어설 수 있을 터였다.

《알았어요! 형! 어서 가요!》

"그래! 가자!"

커다랗게 소리 지른 이민준은 앞장서서 강하게 돌고 있는 토네이도로 몸을 던졌다.

콰우우- 콰웅-

쾅- 콰직-

토네이도 안은 생각했던 것보다 더욱 강한 에너지가 작용하고 있었다.

더군다나,

크에에에-

카아아아-

수만 마리에 달하는 몬스터들이 강하게 회전하며, 손톱이며 발톱을 번뜩였다.

채에에엥- 창창-

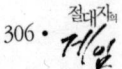

이민준은 동물적인 감각을 이용해서는 검과 방패로 몬스터들의 공격을 막아 냈다.

크아아아-

하지만 문제라면 역시나 덩치가 큰 아서베닝이었다.

촤작- 촤악-

아서베닝은 최대한 힘을 조절하며 자신이 만들 수 있는 안전한 보호 마법을 시전 중이었다.

촤좌작- 촤왁-

그러나 그런 보호막이 완벽할 수는 없었던 듯 아서베닝의 피부는 토네이도 안을 돌고 있는 몬스터들의 무기와 손톱, 그리고 발톱에 무자비하게 난자당하고 있었다.

크아아아-

저대로 두었다간 토네이도의 외벽을 뚫기도 전에 아서베닝의 생명력이 남아날 것 같지가 않았다.

으득-

이민준은 어금니를 강하게 깨물었다.

그러고는,

휘익-

아서베닝의 앞쪽으로 몸을 날렸다.

《혀, 혀엉!》

그런 이민준의 모습에 화들짝 놀랐던지 아서베닝이 비명에 가까운 소리를 질렀다.

"걱정하지 마! 나만 믿고 바로 안쪽으로 뛰어들어!"
《아, 알았어요!》
언제나 이민준을 굳게 믿는 아서베닝이다.
'형이라면! 형이라면 방법이 있을 거야!'
그렇게 믿은 아서베닝이 크게 숨을 내뱉으며 마음을 굳게 먹었다.
꽈득-
이민준은 블랙 스노우를 강하게 감아쥐었다.
그러고는,
쉬아악-
절대자의 자격을 최소화시키며 수없이 쏟아져 들어오는 몬스터 떼를 향해 검을 내밀었다.

16권에 계속

www.mayabook.co.kr

www.mayabook.co.kr